女房を壊してしまった老医師が提唱する再生可能エネルギーのすすめ

松田　昭夫

はじめに

本書は自分が生きてきた中で、何をしてきたか、そしてより良く生きたいが為に過去の史実の中で参考となる言葉や事柄を、またはその時々の社会の状況の中で残しておきたいと思ったことを書き綴っています。全体として一貫性を得ていませんが、個々の文章に興味を持って読んでいただき、本書が生きて行くための参考になれば幸いです。

目次

第1章

生家のこと、敗戦直後のアメリカ占領軍の思い出

生家（農家）のこと

小生は新潟県生まれ（旧、中蒲原郡両川村大字平賀）。遠く西には弥彦山、南には遠く彼方に越後連峰の五頭山を望む広大な平坦な越後平野の信濃川沿いの田圃の一角にある小さな村。父が稲作12丁歩（３００坪の田圃１２０枚）の田圃で当時本州一番の自作稲作農家でした。

叔父の家族も同居していたこと等もあって、奉公人や実習生（加茂農林学校生４～５人）等々、家族は常に20人位いました。

一部塀で囲まれた3千坪程の屋敷に四つの母屋が連なり、小さな三つの蔵、奉公人さん達の二つの建物、農作業小屋、大きい牛舎（乳牛、30頭程飼育して生乳を搾っていた）、小さい豚小屋付き鳥小屋等がありました。母屋に囲まれた小さな池、サイロの下から屋敷の真ん中を横切って農業用水路（小川）が上の田圃から下の田圃へ流れていました。天然ガスが自噴していて、台所の流しにはガス井戸から流れ出る水が年中流れ続けており、台所の囲炉裏には火が24時間燃え続けていました。風呂は常に熱くなっていました。

第二次世界大戦の戦後復興の時代、当時、参議院議員、農林大臣であった石黒忠篤氏、「農政の神様」と言われていましたが、選挙運動で選挙前に我が家に泊まって裏の小川で釣りをしていたのを思い出します。

現在、80歳の現役老医師ですが2～3週間に2日間、百人以上の透析患者さんを診察させてもらったり、婦人科検診や訪問診療をさせてもらっています。

日本国民への手紙

福島の原発被災農家の状況、惨状を見て毎日心を痛めています。
テレビ放送で「お祖父さんが国家の政策で戦時、満州開拓民として満州国に渡り働いたが、敗戦で命からがら逃げた（終戦日前、昭和20年8月9日にソ連軍が一方的に日ソ不可侵条約を無視して満州国に侵攻して来て、日本人を大量殺戮し、ある処では逃亡中の約30人のクラスメートの内、生き残り6人のみで現場の野原が血に染まったと）。帰国して福島県の不毛の荒れ地の開拓民として農地を開墾して、やっと幸せな暮らしができるようになったのに、今度はまた、国が推進する原子力発電の事故で、やっと苦労して得た幸せな暮らしができるようになったのにこの豊かな土地を永久（10万年以上）に奪われてしまった」と、お孫さんにあたる農家の主人がテレビのインタビューで訴えていました。そしてこの日本という国って「何だ！」

と。

小生が約40年前に初めてヨーロッパ旅行をした時に、既にデンマークでは洋上に風力発電塔が何十基も林立していて、その風景を見て吃驚したのを思い出します。30年前にはチェルノブイリ原発事故が起きて以来、ドイツは黒い森のジブリの動物達の放射能汚染を経験し、原発廃止を決めました。毎年ヨーロッパ旅行をして来ましたが、ヨーロッパ諸国が近年には風力発電や太陽光発電の設置を増加していました。それに反して、一方日本に帰ってくると、再生エネルギーに励んでいる風景が見られませんでした。小生は10年以上前に家を建て替えた時に屋根に約５ｋＷの太陽光パネルを設置しました。その後庭にも増設しました。安全神話を唱えてきた日本の原発、特に日本海沿岸部の原発に北朝鮮のテポドンが誤って落下するのを心配してきましたが、東日本大地震と津波で福島の原発が暴発してしまいました。

現段階では放射線の利用は人間が制御できる大きさ、範囲に止めておくしかないということをチェルノブイリ原発と福島の原発事故が示しているのに国家（政治家、役人）、経済界は人命より目先の経済、お金優先の政策を取り続けています。福島の原子炉の炉心には、生物はいうに及ばずロボットさえ近づけない現状を見れば、それを安全に利用できるはずがないことは明白です。

小生は婦人科医として微量の放射能（ラジウム針）で子宮癌を治療して、放射能の素晴らしい効能を体験して来ました。現段階では少線量の放射能の利用に留めるしかないことを今回の事故を見て思い知らされました。世界中に原発が増えることは一旦事が起きれば地球上のあらゆる生命体が滅亡に向かうことになると思われます。然も廃炉になり、安全なレベルの放射線量になるには10～30万年を要するといわれています。その費用は莫大な費用になると思われます。原発は安全で安いというのは間違っているのは明らかです。人体に被害を及ぼさないレベルの超小型の原発が開発されて各家の庭に設置できれば理想的です。

命が大事なのか、お金が大事なのか、今生きている人間のやり方次第にかかっています。この地球上に生きて行くのに災害は付き物です。地球温暖化による異常気象を止めるには、個人が自分のエネルギーは自分で、再生エネルギーで賄う方向で将来の世の中作りをするしかないと考えます。論じていても実行していなければ何の役にも立ちません。因みに小生は山形県尾花沢市に土地を買って40ｋＷの太陽光パネル設置をしました。

世界のエネルギー革命を日本からと考えていましたが既に他国に大いに出遅れています。技術大国日本の名誉に掛けても今からでも早急に、再生可能エネルギーの世界の模範国になるべく政治、政策を渇望します。
人間の欲望には限界がありません。欲望がままに行き過ぎて生きてはいけないと思います。地球上の生命体は節度を持ってバランス良く生きるべきだと思います。先ずは人間から自制して生きるべきだと思います。世界人口70億人でこれ程地球を異常にしている現状があります。今後は人口が減少しても幸せになれる世の中作りを目標にした政治、政策が行われるべきと考えます。

平成28年11月16日

私の終戦日（昭和20年8月15日）「今日も生きていられた」
第二次世界大戦　敵国、英米鬼畜と教えられて

小学校5年生（9歳）の時、家の裏の田圃に流れる小さい川で近所の子供たちと水遊びをしていたら日本が戦争に負けたというニュースを知りました。日本は神風の国、戦争に負けるはずがないと教えられ信じていたのに。戦争に負けると男は皆殺されて、女は連れて行かれると教えられていました。川の中で「ああ」殺されるのだと思い顔面蒼白になった。それから毎日

毎日、朝、目が覚めると、毎日毎日今日も殺されていない、まだ今日も生きていると思いながら過ごしていました。

それからしばらくして、叔父さん（父の弟）がアメリカ人（英米鬼畜といわれていた）を連れて我が家に来るという話を聞きました。

考えてみると叔父さんは新潟の警察署長をしていたこともある人で、戦争中は特高（特別高等警察官、所謂秘密警察官）でもあったのに、敗戦で世の中が180度変わると、今迄の敵国アメリカ人の通訳として我が家に来るという。叔父の変わり身の早さや戦争という国家同志の喧嘩って何なんだろうと割り切れない気持ちでした。

アメリカ人が来る当日、怖くてやって来る車が見える裏庭に隠れて道路を覗いていると、見たこともない背丈の大きい外国人がジープのハンドルを握ってやってきました。呼ばれたので家に帰ってみると、アメリカ人は優しい笑顔で殺されるとの思いとは全く違っていた。今まで食べたことのないチョコレートやガムをくれました。

それから時が経ち中学生になった頃、アメリカが持って来てくれた民主主義や自由主義について理解できるようになる。戦争中には天皇陛下のためなら死んでも仕方がない、それが普通なのだと思い続けて来た暗い重たい心が、めくるめく喜びと明るい光を浴びた世界へと変化していきました。この衝撃的な変化はアメリカ人は敵ではなかった、敵は日本の軍国主義者だったことを体感しました。

時代が流れ安保闘争とか色々な反米運動などが新聞を賑わしたりしたが、日本の軍国主義から私を救ってくれたアメリカ人は恩人でしかなかった。

平成30年9月22日（東京〜新庄、新幹線内にて）

第2章

全て自然エネルギーのみで生きる

持続可能な地球環境に生きるために

順天堂同窓会誌『茶崖』２０１２年10月号

（一）人口問題

地球の資源が人類の飽く無き欲望に何時まで耐えられるのでしょうか？　環境白書（平成十四年）によると石油は四十年、天然ガスは六十一年、そして石炭は二百二十七年すると枯渇するという。

世界の人口は七十億人になったといわれています。西暦二〇五〇年には九十三億人、二一〇〇年には百億人になるといわれています（国連白書）。人類の繁栄を支えている化石燃料使用の増加は地球の温室化、異常気象、地球の生態系の破壊を起こして来ました。世界人口を八十億人程度に抑制できれば、貧困国の救済や天然資源への負担と気候変動への影響の抑制が叶えられるという専門家もいます。経済人も政治家も一般人も、人口増加と経済の増長を望んで止みません。先進諸国では人口が減少しています。これを好機に人口増加がなくとも幸せである社会構築をすべきです。大量消費、使い捨て社会から節約型、完全リサイクル型社会に転換すべきです。物の尺度をお金ではなく幸せ度で見る教育が必要です。この狭い日本の国土に一億三千万人もいます。人口はもう十分です。仕事の選り好みをせず失業者零を目指して皆んなが働けば、日本人の勤勉さと高い技術力をもって立ち向かえば沢山の外国人の受け入れがなくとも十分やって行けるはずです。

（二）原子力発電

エネルギーを原子力に求めて来た日本の政策（原発数が世界第三位）が誤ちであったことが漸く大勢の日本人が福島の原発事故を経験して知りました。小生はチェルノブイリ原発事故（一九八六年）やデンマークの洋上風力発電（一九九一年〜）の取り組み、そしてヨーロッパの原発撤廃政策（ドイツ二〇〇〇年、スウェーデン一九九〇年、イタリア一九八七年、ベルギー一九九九年）を知り一刻も早い日本の原発撤廃を渇望していました。

幸いにも北朝鮮のテポドンが十六ヶ所（五十四基）の日本の原発に落下しないで済んでいますが何時落ちてしまうか心配です。

近年の日本の風力発電設備は世界十三位、米国の二十分の一です。米国の風力発電量は原発三十五基分相当（三五・一ＧＷ、二〇〇七年）あり中国の目覚ましい躍進は二〇一〇年には米国を抜いて世界一位（四二・三ＧＷ）の発電量となっています。日本が如何に原発ありきの政策であったかが判ります。しかも原発が出した核廃棄物の完全な処理方法はなく日本各地の施設に保管されたままです。年間千トンも排出され、二〇一〇年迄の使用済み核燃料棒累積二万八千トンの処理はどうなるのでしょうか。核廃棄物は五十年〜三百年〜四百年と監視されねばなりません。深地層処分の場合は数十〜百万年間の管理期間を要するとされています。将来のエネルギーは地球環境破壊をしない太陽光、水、風、地熱、バイオ等に頼るしかありません。人類はその得られたエネルギーの範囲内で生きるべきでしょう。我が家の五・二ｋＷの太陽光発電は年間使用量の約半分を賄っています。電力自給自足を目指しています。

日本でつくられている電気の割合（2008 年度）

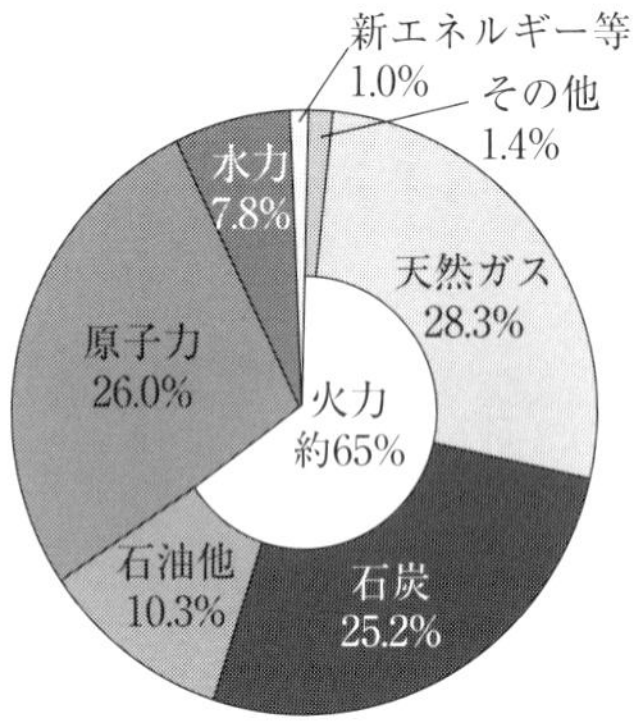

参考：日本に原子力発電所はどれだけあるのか（2024 年 1 月時点）

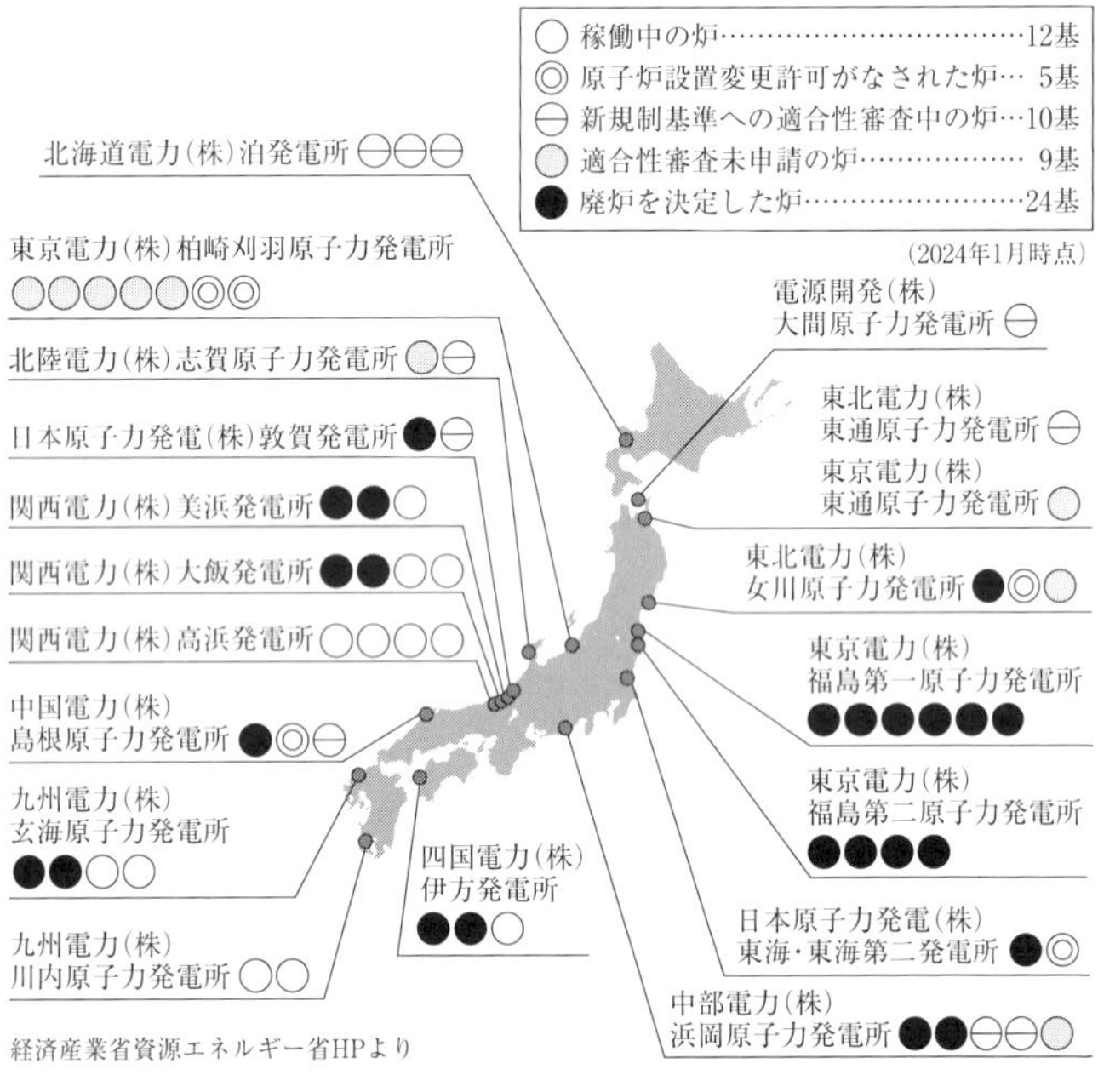

経済産業省資源エネルギー省HPより

（三）医療問題

利己の欲望のみを満たさず節度ある社会の中の医療であるべきです。

再生可能エネルギー

車窓から見える町々の家並みに太陽光パネルが載っているかどうかをいつも眺めているが、本当に情けない程度の少しのパネルしか見えない。日本人の再生可能エネルギーに対する関心の低さが分かる。情けなく、悔しい思いである。昔は衣食住が足りれば幸せに暮らせた時代であった。しかし現代の世の中は衣食住プラス〝電力〟の四つが揃わないと暮らせない時代になった。

問題なのは四つ目の〝エネルギー〟である。今までのような化石燃料からの消費は地球温暖化をもたらし、異常気象を引き起こし、人類のみならず地球上のあらゆる生物の生存を脅かしている。

それでは原発はどうか？　原発から出る電力はクリーンで安いというが原発から出る核廃棄物が安全なレベルになるまで放射能が少なくなるのに10～30万年を要すること、しかもこの核廃棄物を捨てる場所がないこと。電力は安く得られるというが核廃棄物処理に10～30万年の長期に亘ってお金（税金）を使い続けなければならないのである。この膨大な経費を考えれば決して原発の電力は安い訳ではない。それでも原発に頼ろうとしている人類は地球上の生物絶滅に向かっているとしか思えない。もうトイレなきマンション（原発）は使わないで欲しい。子子孫孫にまで、目先の利益に惑わされて恐ろしい遺産を残すのは止めにして欲しい。せいぜい研究部門だけにして欲しい。

安部総理大臣が一億総活躍を掲げているが、具体的に何に対して活躍するのか、その方策を示していない。小生は今こそ、いや既に遅きに失しているのではないかとの思いであるが、今こそ一億総国民、再生可能エネルギーに取り組む行動を始める時であると思う。それに向けて努力をすべきだと思う。手始めは日本中の家屋の全ての屋根に太陽光パネルを載せることを目指す政策をとるべきである。国民の意識改革がなければならない。

現在の世界の紛争や戦争の原因の大勢はエネルギー問題が関与している。エネルギーの問題がなければ、解決されれば世界はもっと平和になれると思う。

基本は自分の使うエネルギーは自分で作る、エネルギー自給自足をする考えである。あらゆる手立てを駆使して。太陽光、風、水、植物、廃棄物（バイオ）そして地熱と地球は再生可能エネルギーに満ちている。日本の優秀な技術開発力を全力投球すれば近い将来に家電製品を使うように手軽に身近に、電気を作れる世の中になれると思う。個別一軒家使用型、（家庭型）高効率創電気機器の開発が望まれる。

日本は武力（戦争用品、弾丸）、自衛隊の海外派遣でなく再生可能エネルギーの技術や製品を発信して世界に平和をもたらして欲しいと思う。

平成28年1月19日（東京〜新庄の新幹線内にて）

１億人総活躍、創エネをめざして

『新庄朝日』２０１６年10月31日

東京駅の新幹線を待ちながら思った。この駅のホームの屋根の全部に太陽光パネルを載せたらメガソーラーになる。とりわけ出たり入ったりする列車の屋根全部に太陽光パネルを載せたら、全国的にやれば相当大きな電力量となる。利用者の少ない地方路線にも、列車の操車場や線路の上にも太陽光パネルを設置すれば、電力自給自足で地方路線なら列車を走らせることができそうである。また、風のよく吹く地域線路には風力発電（垂直型）も併用できると思う。

車窓から見える街々や村々の屋根や庭先に太陽光パネルや風力発電柱を、田圃の用水路や大小の河川に、小型から中型の利便性のある水力発電器を設置すべきと思う。一旦山間地に列車が入れば山々の数多の木々樹々が使われることなく倒木になって、有効に利用されていない驚くべき現実がある。

最終的始末の方法が見つかっていない原子力発電にこだわり続けている現在の安倍政権。10万年間以上も監視続けなければならない核廃棄物、原発依存から脱却できない現政権。福島の原発被害を受けた住民がまた、原発が欲しいというまで原発は止めて欲しい。

一刻も早く目を覚まして欲しい。脱原発から再生可能エネルギー利用への変革的思考へと。再生可能エネルギーで自立可能国家、日本を平成エネルギー革命国家として世界に発信していく、努力していく政治をして欲しい。

平成28年9月10日（山形新幹線：郡山～福島～山形の中で）

政治家へのお願いの手紙

（手紙の内容は前記文章とかなり重複しています。）

拝啓

突然の申し出をお許し下さい。

貴閣下が以前（福島原発事故後）から原発零のお考えで東京晴海の自然エネルギー展示会に来場されたり等して、多方面で活躍されていることを承知しています。原発は理論発見者であるアインシュタインでさえ核廃絶を訴え世界平和を祈願しました。広島原爆投下の惨状を見て同行した湯川秀樹博士の前で涙をして悔やまれました。地球上に降り注ぐ太陽光エネルギーは全世界の一次エネルギー供給量の67倍（２００８年）、ゴビ砂漠の半分に太陽光パネルを敷き詰めると全人類のエネルギー需要量を賄えると云います。小生は40年位前からヨーロッパ旅行をしてデンマークの洋上風力発電を見て刺激され20年位前に自宅建て替え時に屋根に太陽光パネルを設置しました。6年前の福島原発事故の惨状を見て、各個人の使う電気は自分で賄う考えを持ち、出来る限り実行する努力をすべきとの思いから自宅は約10ｋWにし、更に加えて約50ｋWの太陽光パネルを田舎に設置しました。国（安倍政権）や電力会社は10万年以上経たないと安全にならない、然も核廃棄物の捨て場がない原発を止めようとしていません。54基の原発を廃炉にするにしても将来永劫に、沢山の税金を使って監視し続けなくてはなりません。原発の電気は安く出来るかも知れませんが全体の費用を考えたら決して安くはないと思います。一人でも多くの自然エネルギー利用者を増やしたいとの思いから肉親にパネル購入費用の援助をしたり、援助の話しを持ちかけたりしても協力して貰えません。他人の考えを変える事の難しさを体験しています。やはり幼少時からの教育、自然エネルギーを利用する人間を育てる教育（学校教育）しかないように思います。人間一人では無力です。一億総人口の力を集結すれば原発なしのエネルギーで節度を持った文化生活は可能と思います。国や公共団体や経済界は主にメガソーラ的な思考でしか動いていません。巨大な建造物は人体被害、環境被害を招きます。個人個人が発電する小さな機器はその問題がありません。日本中の屋根屋根に、津津浦浦至るところに小発電機器のある国を目指す啓蒙を渇望致します。

敬具

平成29年10月３日

新庄徳洲会病院　医師
松田　昭夫　81歳

小泉　純一郎　殿

二伸：今迄に訴えてきた文面も同封させて頂きます。

小生は新潟県生まれ（旧、中蒲原郡両川村大字平賀）、父が稲作12町歩の田圃で当時本州一番の稲作と云っていた家で育ちました。現在、80歳の現役老医師ですが週に１回位一日、約百人位の患者を忙しく診させて貰っています。突然の手紙を送らせて頂く失礼をお許し下さい。

福島の原発被災農家の状況、惨状を見て毎日心を痛めています。御祖父さんが国家の政策で満州開拓民として満州国を開墾ていたが、敗戦で命からがら（「終戦の年、昭和20年8月9日、ソ連が一方的に日ソ中立条約を破棄し侵攻し、ソ連軍の大量殺戮にあいながら、約30人のクラスメートの生き残り6人のみで現場の野原が血に染まった」、と云う時代）帰国して福島県の不毛の荒れ地の開拓民として福島に農地を開墾しやっと幸せな暮らしが出来る様になったのに今度は又、国が推進する原子力発電事故で豊かに、開拓し作り上げた土地を永久に（10万年以上に亘って）奪われてしまったとお孫さんがテレビのインタビューで云ってました。そしてこの日本の国って「なんなんだ！」と。

小生が約40年前に初めてヨーロッパ旅行をした時に、既にデンマークには洋上に風力発電塔が林立している風景を見て吃驚したのを思い出します。30年前にはチェルノブイリ原発事故が起きて以来、ドイツは黒い森のジブリの動物達の放射能汚染を経験し、原発廃止を決めました。毎年ヨーロッパ旅行をして来ましたが、ヨーロッパの各国には風力発電塔が数十機林立する風景は珍しくなくなりました、太陽光発電パネルが高速道のインターチェーンジに良く設置されているのを見る様になりました。一方日本では再生エネルギに励む様子は殆どありませんでした。小生は10年以上前に家を建て直した時に屋根に約５ｋＷ足らずの太陽光パネルを設置しました。安全神話を唱えてきた日本の原発に対して北朝鮮のテポドンが誤って日本の原発（特に日本海沿岸の）に落下するのを心配しいましたが遂に地震と津波で福島の原発が暴発しました。

現段階では放射能の利用は人間が制御できる範囲に留めて置くしかないと云う事をチェルノブイリ原発事故と福島原発事故が示しているのに、国家、経済界は目先のお金、経済優先の政策をとっています。原子炉の炉心には、生物は云うに及ばずロボットさえ近づけない現在をみればそれを安全に利用できる筈がない事は明白です。小生は婦人医として微量の放射能（ラジウム針）で子宮癌を治療して放射能の素晴らしさを体験して来ました。現段階では節度を持った放射能の利用に留めるしかないことを思い知らされた感じです。高線量放射能については研究だけに留めるしかないと思います。世界中に原発が増えることは一旦事が起きれば地球上のあらゆる生命体が滅亡に向かうしかないと思います。

命が大事なのか、お金が大事なのか、今生きている人間のやり方次第にかかっています。地球上に生きて行くのに災害は付き物です。最小限の被災に止めるには、個人個人が自分の使うエネルギーは自分で賄う方向で今後の世の中作りをするしかないと考えます。因みに行動が無ければ机上の空論に成りますので現在約60ｋＷの太陽光パネルを設置（自宅用約10ｋＷ、宅地47ｋＷ）しています。

前略

従前から常に気になっていて、此の儘では逝けないと云う思いから誰か賛同してくれる方を探し続けている現役老医師（80歳）です。大変ご無礼な、失礼な程をお許し下さい。

三反園知事の川内原発反対姿勢や鹿児島県知事就任挨拶の中にある五つの言葉、夢、希望、勇気、創造そしてチェンジ（変革）は正に小生の思い続けている持続可能エネルギーへの一億総国民一人一人に向けての物との思いから行動しました。

拙い今まで小生の思いを書いた文章を一読して頂ければと思います。思ってばかりいても何の意味もありませんので自宅も含めて現在、約60ｋＷ／ｈの太陽光パネル発電の設置（電気エネルギー自給自足）を致しました。世の中の、世界の景色が一変（チェーンジ）するかも知れませんが。個人個人の家々の屋根に太陽光発電パネルの設置を祈っています。

草々

鹿児島県知事
三反園　訓　殿

山形県　新庄徳洲会病院　医師
松田　昭夫

平成28年10月30日

世界のエネルギー革命を先ずは日本からその模範を示す政策、政治を希望します。人間の欲望に限界はありません。だからと云って行き過ぎてはいけないと思います。全ての地球上の生命体が節度を持ってバランスをとって生きるべきだと思います。先ずは人間から自制して人口はもう増えなくて十分です。もう地球も資源が限界に来ています。現状で、現状以下になっても幸せに生きる方策を取るべきです。

再生エネルギーに向かって一人でも多くの仲間が増えることを願って、今までの雑文も添えて送ります。

山形県新庄徳洲会病院　医師
松田昭夫

平成28年11月16日

（突然の手紙を差し出す失礼をお許しください。）

前略　山本太郎さん！　日本のグレタ・トゥンベリさんになって下さい、日本中の民家の屋根に太陽光パネルを載せる大変革を起こしてください。私は84歳の老医師です。お陰様で現在も現役医師として働かせて貰っています。忙しいときは時々百人以上の患者さんの診療に関わっています。

40歳の時に某町の開業医院で産科医として1年間休まず赤ちゃんを取り上げて働いたら右の肺が破れ（自然気胸）呼吸困難となり、3か月間入院しました。人間はいつ何時死ぬか分からない事を体験し、定年後に計画していた海外旅行を毎年1回（～50

歳頃から3回位）始めました。三十数年位前にデンマークを訪れた時に洋上に林立する風力発電の光景を目にしました。丁度その頃チェルノブイリ原子力発電事故がありました。ドイツでは黒い森のジビエの動物達が放射能に汚染されているのを知りドイツは原子力発電計画の中止を決めました。それ以来、日本の電子力発電所に北朝鮮のテポドンが誤って落下するのを心配していましたが、東日本大震災で福島の原発が爆発しました。

チエルノブイリ事故後ＥＵ各国の風力発電機が何十機も林立する光景や太陽光発電パネルの設置を良く見かけるようになりました。日本の立ち遅れを痛感して来ました。

地球温暖化に就いては外国旅行を始めた頃、既にスイスアルプスの氷河が毎年何十メートルも溶けていると現地のガイドさんが心配して説明していました。

84年間生きて来て思うに、日本は大きな二つのミスを犯してきたと思います。一つは太平洋戦争です。軍人、軍部に唆された一般市民は最後は原爆投下で屍と化し、日本の国土の多くが焦土になりました。小生の長兄は学徒動員で朝鮮の仁川で栄養失調で終戦後19歳で帰国出来ず餓死しました。特高をしていた叔父一家は終戦時中国の上海で虐殺されました。
　二つ目の間違いは、原子力発電です。安全神話を信じていた市民は、太平洋戦争では神風で騙され次には福島原発の暴発です。被害者の若い家の後継者がテレビのインタビューで云っていました。お爺さんが太平洋戦争で国策に従って希望を抱いて開拓民として満州国に渡ったが、敗戦で逃げる途中、日ソ不可侵条約を一方的に破棄したソ連軍が侵攻して来て、沢山の日本人に対して略奪、虐殺する中、何とか生き延びて帰国し、福島の開拓地に新天地を得て漸く一家が落ちついた暮らしになったのに原発の暴発で今度は10万年以上故郷を失ってしまった。「日本と云う国は何なんだ」と。
　小生はデンマークの自然エネルギー政策やスイスの地球温暖化による氷河の消失を見て実行なき思いだけでは意味がないので、20年前に最初は自宅の屋根に次いで庭に、合計約10kWの太陽光パネルを設置しました。その後福島の原発事故の惨状を見て原発を稼働させない為には国民一人一人の行動しか無いとの思いから更に山形に土地を買い、約50kWの太陽光パネルを設置しました。（自分で消費エネルギーは自分で作る目的でもあり）
　しかし無名の小生一人だけの力の無力さを実感して来ました。日本の現状は遅々たるもので変革は起きてくれません。
山本太郎さんの知名度を持ってしてでも現状の変革をしたいのです。どうか日本のグレタ・トゥンベリさんになって日本のエネルギー政策の大変革を起こして下さい。

新庄徳洲会病院、医師
松田昭夫

山本太郎　殿

令和1年12月27日

（令和元年12月21日、山形新幹線、東京～新庄行き列車内で）

原発と平井憲夫氏

平井憲夫氏は1966年頃から約20年間原子力発電建設の技術者（配管工）として原子力発電所の現場で働いておられた方です。平井氏自身は原発反対者ではないと話しておられます。この20年間に起きた原発労働者の悲惨な放射能被曝の事実を先生がレポートされたのだと思われます。停年退職後、「原発被曝労働者救済センター」を設立して、代表として被曝労働者の救済に当たられました。

私事ですが、婦人科医だった小生は微量な放射能（ラジウム針）を使って多くの子宮頸がんを治療してその素晴らしい効果を経験しました。現在日本にある沢山の高レベル放射能原発は、使用後の廃棄物の処理方法もないのに一体どうなるのでしょうか？　廃棄物処理で作ったプルトニウムは半減期が2万数千年と言われています。放射能は人類が制御できる限度、小型化原発にするとか、被曝の心配のない原発ができれば良いのですが。地球上のあらゆる生命体が、異常気象と原発で恐竜時代が終わったように終わるのでしょうか？
平井氏の「原発がどんなものか知ってほしい」を以下に引用させて頂きます。

原発がどんなものか知ってほしい（18）
どうしようもない放射性廃棄物

それから、原発を運転すると必ず出る核のゴミ、毎日、出ています。低レベル放射性廃棄物、名前は低レベルですが、中にはこのドラム缶の側に五時間もいたら、致死量の被曝をするようなものもあります。そんなものが全国の原発で約八〇万本以上溜まっています。

日本が原発を始めてから一九六九年までは、どこの原発でも核のゴミはドラム缶に詰めて、近くの海に捨てていました。その頃はそれが当たり前だったのです。私が茨城県の東海原発にいた時、業者はドラム缶をトラックで運んでから、船に乗せて、千葉の沖に捨てに行っていました。

しかし、私が原発はちょっとおかしいぞと思ったのは、このことからでした。海に捨てたドラム缶は一年も経つと腐ってしまうのに、中の放射性のゴミはどうなるのだろうか、魚はどうなるのだろうかと思ったのがはじめでした。

現在は原発のゴミは、青森の六ケ所村へ持って行っています。全部で三百万本のドラム缶をこれから三百年間管理すると言っていますが、一体、三百年ももつドラム缶があるのか、廃棄物業者が三百年間も続くのかどうか。どうなりますか。

もう一つの高レベル廃棄物、これは使用済み核燃料を再処理してプルトニウムを取り出した後に残った放射性廃棄物です。日本はイギリスとフランスの会社に再処理を頼んでいます。去年(一九九五年)フランスから、二八本の高レベル廃棄物として返ってきました。これはどろどろの高レベル廃棄物をガラスと一緒に固めて、金属容器に入れたものです。この容器の側に二分間いると死んでしまうほどの放射線を出すそうですが、これを一時的に青森県の六ケ所村に置いて、三〇年から五〇年間くらい冷やし続け、その後、どこか他の場所に持って行って、地中深く埋める予定だといっていますが、予定地は全く決まっていません。余所の国でも計画だけはあっても、実際にこの高レベル廃棄物を処分した国はありません。みんな困っています。

原発自体についても、国は止めてから五年か十年間、密閉管理してから、粉々にくだいてドラム缶に入れて、原発の敷地内に埋めるなどとのんきなことを言っていますが、それでも一基で数万トンくらいの放射能まみれの廃材が出るんですよ。生活のゴミでさえ、捨てる所がないのに、一体どうしようというんでしょうか。とにかく日本中が核のゴミだらけになる事は目に見えています。早くなんとかしないといけないんじゃないでしょうか。それには一日も早く、原発を止めるしかなんですよ。

私が五年程前に、北海道で話をしていた時、「放射能のゴミを五〇年、三百年監視続ける」と言ったら、中学生の女の子が、手を挙げて、「お聞きしていいですか。今、廃棄物を五〇年、三百年監視するといいましたが、今の大人がするんですか？　そうじゃないでしょう。次の私たちの世代、また、その次の世代がするんじゃないんですか。だけど、私たちはいやだ」と叫ぶように言いました。この子に返事の出来る大人はいますか。

それに、五〇年とか三百年とかいうと、それだけ経てばいいんだというふうに聞こえますが、そうじゃありません。原発が動いている限り、終わりのない永遠の五〇年であり、三百年だということです。

第3章

医学博士論文

博士論文

胎生期及び幼若期に於ける性腺、副腎及び胎盤のΔ^5-3β-Hydroxysteroid Dehydrogenase の組織化学的推移について

『日本産科婦人科学会雑誌』第21巻第10号　１９６９年

〈概　要〉

ヒト及びラットの胎生期から幼若期にかけての steroid hormone 産生臓器のΔ^5-3β-hydroxysteroid dehydrogenase 活性を組織化学的に検索した。

（1）睾丸（a）胎生期の性管分化の起る時期の前から本酵素活性が認められたことからこの時期に睾丸から androgen が分泌され、これが性管の性分化に主役を演じている可能性が示唆された。（b）下垂体前葉の萎縮している無脳児の睾丸は小さく睾丸全体としての本酵素活性も少ないことから、胎児睾丸の androgen 産生は、自己の下垂体のＩＣＳＨに依

存している事が暗示された。

（2）卵巣　胎生期及び出生直後には本酵素活性が認められなかったことから、胎生期に於ける性管の分化及び出生直後の視床下部の性分化には卵巣 estrogen よりも睾丸 androgen の方が積極的役割を演ずる事が暗示された。

（3）副腎（a）胎生初期から本酵素活性が認められたが、ヒトでは永久層にのみ本酵素活性を認め胎児層には認めなかった。この事は androgen zone とも云える胎児層でのステロイド産生が dehydroepiandrosterone の如き Δ^5steroid に限定されている事を示唆している。（b）無脳児では胎児層の発育のみが極度に悪いことから、この層の発育が胎児下垂体に依存していることが暗示された。

（4）胎盤　本酵素活性はラットでは trophoblastic giant cells に、ヒトでは trophoblast の Langhns と syncytium との両方に認められたが、ラットの giant trophoblast の量はヒト胎盤中の trophoblast 量に比して非常に少ないから、ラット胎盤からの steroid hormone 産生能はヒト胎盤に比べて遥かに少ない事が示唆された。この事は妊娠維持をラットでは卵巣ステロイドに依存しており、ヒトでは胎盤ステロイドに依存している事とよく符合する。

緒　言

胎盤から分泌される性ホルモンが妊娠維持に重大な役割を果していることや、胎児精巣特に睾丸からの性ホルモン分泌が既に胎生期から始まつて末梢性管の性分化に決定的役割を果していること、および胎児副腎は成人のそれとは組織的にも機能的にもかなり異つていることなど、胎生期における各種 steroid hormone 産生臓器の機能的推移は胎児の発育、性分化等と密接な関係にあることが漸く明らかにされつつある。すなわち従来は胎児の steroid hormone 産生能を知るには方法論的な困難が大きかつたが、最近のステロイド分析化学や組織化学の進歩によりこの点が漸次解決されて急速に研究が進みつつある。著者の取上げたΔ^5-3β-hydroxysteroid dehydrogenase（Δ^5-3β-HSDG）（Samuels, 1956）は cholesterol や pregnenolone などから progesterone、androgen、estrogen および corticosteroid 等の steroid hormone の産生過程において必須な酵素であり（Baillie, 1966）本酵素活性の有無は steroid hormone の産生の有無と概ね一致すると思われるし、最近開発された組織化学的方法を応用すれば本酵素活性の組織化学的分布状態をも知る事ができる。よつて著者はヒトおよびラットにつき、胎生初期から成熟期に至るまでの各種の steroid hormone 産生臓器すなわち睾丸、卵巣、副腎および胎盤内の$\Delta^{5}3\beta$-HSDG活性の推移を組織化学的に観察し、その意義を考察せんとした。

実験方法

（1）Δ^{5}-3β-HSDGの組織化学的証明（図3）、Levy H. et al.（1959）の方法に準じた（Levy et al. 1959 ; Wattenberg. 1958）。

（A）原理：incubation medium に加えた基質が組織中の本酵素により脱水素され、この水素原子が組織中あるいは medium に加えられたDPNに結合しDPNHとなる。このDPNHは組織中の diaphorase により脱水素され、この水素原子は medium に加えられた tetrazolium 塩に結合し紫色の formazan の deposits となる。この色を観察する（図2）。

（B）基質

図1　Δ^{5}-3β-Hydroxysteroid Dehydrogenase 触媒反応①－④

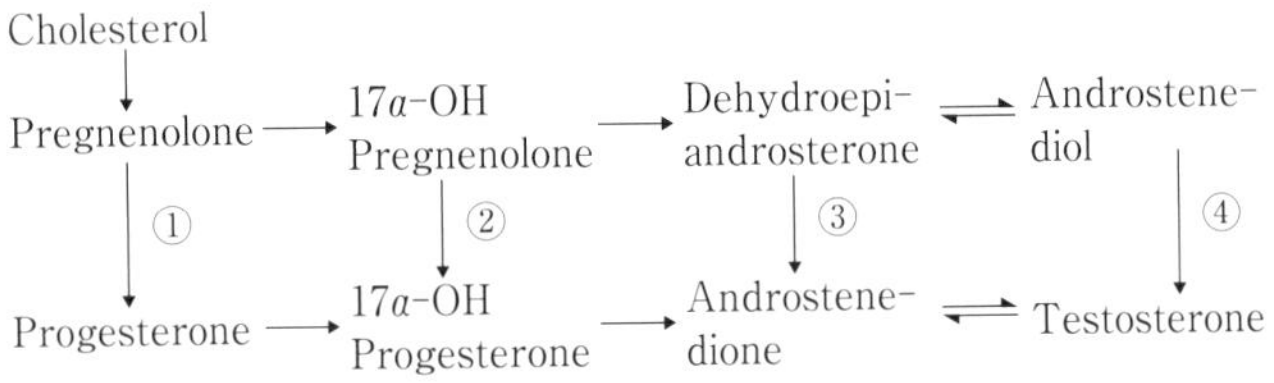

図 2　Δ^5-3β-Hydroxysteroid Dehydrogenase の組織科学的証明法の原理

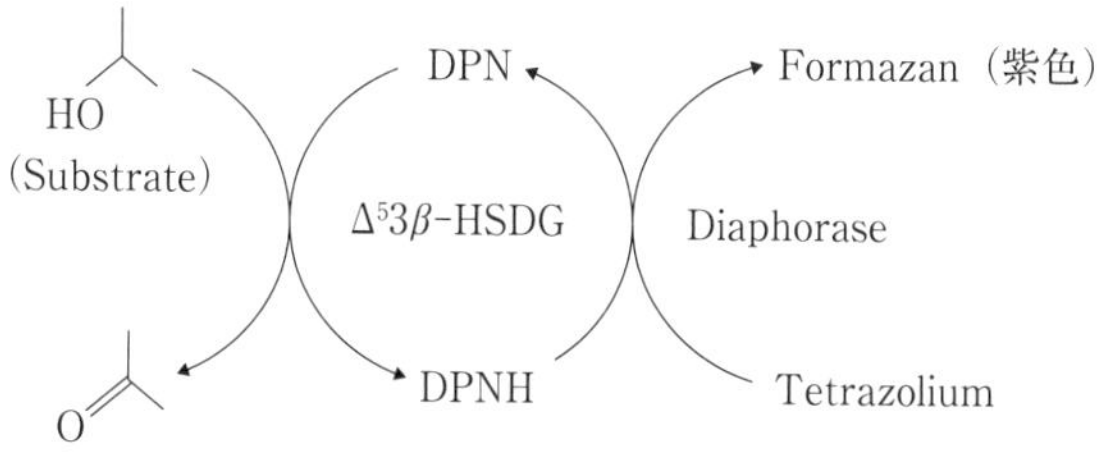

図 3　Δ^5-3β-HSDG の組織科学的証明法

1. 凍結切片　10 ～ 20 μ
2. 室温乾燥　15 分間
3. -20 ℃ acetone 処理　5 分間
4. 0.1M，pH7.2 リン酸緩衝液処理　5 分間
5. incubation，37 ℃
6. 10% formalin 固定　2 時間
7. 水洗 glycerine 封入又は
8. 核染色（Kernechte Rot）
9. 脱水，xylol 封入

図 4　Substrate

Constituent	Amount
DHEA	0.2mg
Nitro-BT, 1mg/ml	1.0ml
Nicotinam., 1.6mg/ml	0.7ml
DPN, 3mg/ml	0.8ml
0.1M, Phosph. buff., pH7.2	4.0ml

Dehydroepiandrosterone（DHEA）を用いた。これを acetone 溶液（1mg/cc）として貯蔵しその都度必要量をとり、55℃の微温湯中で窒素ガスにて乾燥粉末とした。これ以外に medium 中に加えた物質およびその組成は図4に示した。

（C）方法

新鮮な臓器を重量測定し直ちに dry ice 中に入れ保存し2週間以内に検索した。臓器をマイナス30℃の cryostat の中で10～20μの薄切片としスライドグラスに貼付し室温で15分間乾燥し、冷 acetone（マイナス20℃）で5分間処理したのち燐酸緩衝液（0.1M、pH7.2）に5分間入れて、37℃で incubate した。Incubation 時間は睾丸、胎盤およびヒト胎児副腎は12時間、卵巣およびラット副腎は30分～1時間とした。

incubation 後10％ formalin 溶液で2時間固定し水洗後 glyserine 封入し鏡検および写真撮影をした。固定後一部は Kernechte Rot で核染色をし脱水、xylol 封入をした。同時に組織材料の一部は Hematoxylin eosin（H.E）染色を行ない観察した。

実験材料

（1）ラット

Wistar系ラットを使用し一群4匹とした。睾丸は胎生16日、19日、21日および生後0日、2日、3日、4日、5日、8日、11日、18日、35日および成熟期の11群を検索した。卵巣は胎生19日、生後2日、10日、20日、30日、40日および成熟期の6群を使った。副腎は胎生17日、19日および生後0日、5日、10日、20日、30日、40日および成熟期の10群を使った。胎盤は妊娠14日、15日、17日、19日および21日の5群を用いた。

（2）ヒト

胎児は流早産時に、新生児は娩出直後死亡例

表1　人及びラットに於けるΔ^5-3β-ol HSDG活性の雌雄差

胎生期	幼若期	膣開口後	ラット		ヒト	胎生期	新生児幼児期	思春期
−	−→+	⧺	I.C	卵巣	Th.I	−	(−)	+
／	／	⧺	C.L		C.L	／	／	⧺
／	−	−	Gr.		Gr.	／	(−)	−
⧺	+	⧻	L.	睾丸	L.	⧺	(−)	(⧻)
−	−	−	S.		S.	−	(−)	(−)
+	⧺	⧻	C.	副腎	P.C.	+	+	⧺
−	−	−	M.		M.	−	−	−
					F.Z	−	／	／

から材料を得た。睾丸は妊娠9週4日から42週0日までの正常胎児10例および満期産の無脳児2例から得られた。卵巣は18週5日から29週1日までの正常胎児7例から得られた。副腎は妊娠7週6日から29週1日までの20例と前述の無脳児から得られた。胎盤は妊娠2ヵ月から末期までの12例を検索した。なお成熟非妊婦および妊婦の卵巣をも併せ検索した。

実験成績

(I) 睾丸

(A) ラット (写真1~6)

(1) 胎生期

胎生期を通じてLeydig細胞は大きい幾つかの集団として認められる事が特徴的であり、本酵素活性は既に胎生16日でLeydig細胞に強く認められ、胎生19日でも同様であった。

(2) 出生後

精細管の発達は未熟であり本酵素活性を示さない。

Leydig 細胞の集団は生後０日ではやや小さくなり、1、2、3、4および5日令では日を追つて単位面積当りの Leydig 細胞数は減少してこの細胞は粗に散在するようになる。8、11日令ではさらにこの傾向は強くなり、18日令では単位面積当りの Leydig 細胞の数は最も少なくなるが、この間この細胞中の本酵素活性には変りがない。一方精細管は胎生期から連続的に発育し続けその大きさや数が増加する。

35日令になると間質組織の発達は良好となつて Leydig 細胞の数も急速に増加し、本酵素活性はこのよく発達した間質組織内の Leydig 細胞に強く認められる。精細管も大きくなりよく発育して来ている。成熟期の睾丸は間質組織および精細管ともに35日令と殆ど変りない発育および本酵素活性分布を示した。

(B) ヒト（写真7～10）

(1) 正常児

胎生期の比較的初期の10週5日に既に本酵素活性を示す多数の Leydig 細胞が認められる。一方精細管は本酵素活性を示さず発育不十分である。14週5日でも同様に強い活性が良く発達した間質組織内の Leydig 細胞に認められ、18週でも同様である。しかし胎生中期の21週3日になると間質組織内の Leydig 細胞数は少なくなるため、Leydig 細胞には本酵素活性を認めるが睾丸全体としての本酵素活性は減少する。出生直後の新生児では単位面積当りのLeydig細胞数はさらに少なくなり、本酵素活性も全体としてはさらに減少する。一方精細管は酵素活性を示さないがその数を増して発達する。

（2）無脳児

満期産無脳児の睾丸重量は正常児に比べて小さく、無脳児2例の睾丸一個の平均重量はそれぞれ70・3および99・0㎎であり正常児のそれの数分の1であった。本例でのLeydig細胞の数や本酵素活性は正常胎児睾丸と比較して少ない傾向が認められる。

（Ⅱ）**卵巣**（写真11～15）

（A）ラット

胎生19日および生後2日では本酵素活性は認められない。生後10日令になると漸く間質組織に僅かに散発的に出現し始め、20日令では発育卵胞の発達も良好となり間質組織もよく発達して来て本酵素活性がここに強く認められる。30日令ではさらに発育した間質組織に本酵素活性を認める一方内莢膜細胞にも本酵素活性が認められる様になる。膣開口後の40日令では発達した発育卵胞が多数認められ黄体の出現も見る。この時期では本酵素活性は黄体＞間質組織＞内莢膜の順に強く認められる。

妊娠ラットの卵巣は良く発育した黄体が多数あり、強い酵素活性がこの黄体細胞に認められた。間質組織および内莢膜にも本酵素活性を認める。

（B）ヒト

胎生期の卵巣には本酵素活性を認めない。成熟婦人の発育卵胞の内莢膜には本酵素活性を認めたが、顆粒膜細胞は本酵素活性を示さなかつた。なお月経周期第18日に認められた大きく発達した新鮮黄体中の黄体細胞は非常に強い酵素活性を示した。

妊娠末期卵巣では一個の大きい黄体があり本酵素活性がその細胞に強く認められる。その他の部分での酵素活性の局在は非妊時のそれと同様であつた。

（Ⅲ）副腎（写真16～20）

（A）ラット

胎生17日では副腎皮質の zonation は未だ明瞭でないが、既に本酵素活性が認められた。

出生直後では組織構造は成熟期のそれに似て皮質と髄質とが明瞭に区別されるようになるが、本酵素活性は球状層には殆どなく、束状層および網状層には強く認められ、髄質細胞には本酵素活性は無い。10日令、20日令および30日令でも本酵素の分布は0日令と同様で、束状層および網状層に強い酵素活性を認めるが球状層には殆ど認められず、40日令以後になつても本酵素活性の分布は変らない。

（B）ヒト

（1）正常児

妊娠7週6日の胎児副腎の permanent cortex に相当する部分には本酵素活性が良く認められたが胎児副腎皮質の大部分を占めている fetal cortex は本酵素活性を示さなかつた。妊娠週日の進むにつれ胎児副腎は大きくなるが、これに応じて permanent cortex も厚くなり、酵素活性も僅かに増強してくるようである。

（2）無脳児

H.E 染色で検すると、無脳児副腎の permanent cortex は正常胎児と同一の発育ならびに組織像を示し、basophilic な明るい細胞よりなつており本酵素活性も認められた。一方 fetal cortex は正常胎児副腎と全く異なり非常に薄くて発育は極度に不良であるが、その組織像は正常胎児の fetal cortex と同様で、acidophilic な compact な細胞よりなつており、本酵素活性は認められなかつた。

(Ⅳ) **胎盤**（写真21〜23）

(A) ラット

ラット胎盤での本酵素活性は全般的に弱く、胎生14日では giant cell zone に本酵素活性を認めるが、その他の部分では活性を示さない。胎盤の増大に伴つて本酵素活性は僅かに減弱する傾向が認められるが、その局在は妊娠末期になつても変らない。

(B) ヒト

妊娠２ヵ月の trophoblastic layer の Langhans 細胞および Syncytium 細胞に本酵素活性が認められ、特に Syncytium 細胞層に強い。なお妊娠初期においては特に絨毛芽に本酵素活性が強く認められ、絨毛幹の trophoblastic layer では弱い。妊娠中期および末期になると本酵素活性は漸次やや減弱するようである。絨毛間質、脱落膜細胞、羊膜および臍帯には本酵素活性は認められなかつた。

考　案

（I）睾丸

睾丸においては androgen は間質細胞（Leydig 細胞）から分泌され、Leydig 細胞内に存在するΔ^5-3β-HSDG 活性は睾丸の androgen 活性に平行することから（Inao and Tamaoki, 1966）、睾丸内のΔ^5-3β-HSDG 活性を見る事によりその androgen 活性を窺い得ることが知られている。一方胎生期に睾丸から分泌される androgen が末梢性管分化に決定的役割を演ずる事は周知の事実であるので（Jost, 1947, Wells, 1950）、以下本酵素活性の出現と性分化との時期的関係に主眼を置いて考察を加えよう。

（A）ラット

ラットにおいては本酵素活性は胎生16日に既に強く認められた。同様の所見を Niemi & Ikonen（1961）も述べている。

ラットの性腺の分化は胎生約12～14日であり、（Torrey, 1950）Müller 氏管および Wolff 氏管の性分化は胎生約17あるいは18日であることが知られているが（Price & Pannabecker, 1959）、androgen 産生を示す本酵素活性が胎生16日には既に強く認められた事は androgen が性管の性分化に主役を演じている可能性を強く示唆している。なおLeydig細胞からのandrogen分泌はinterstitial cell stimulating hormone（ICSH）により刺激されることが知られており、胎生期におけるＩＣＳＨの分泌源としては胎盤と胎児下垂体とが考えられるが、ラット胎盤ではＩＣＳＨ活性は未だ証明されておらず、胎生期のラット下垂体にもＩＣＳＨ活性は証明されていない。しかし下垂体前葉には胎生15日頃からGonadotrophと思われる細胞が出現するとの説もあり（Jost & Tavernier, 1956）、胎生16日における胎児の断頭が睾丸におけるtestosterone産生を減少せしめるとの報告（Noumura, 1959）を考え合わせると、胎生期のラット睾丸のLeydig細胞からのandrogen分泌は自己の下垂体からのＩＣＳＨによることが推測される。

生後引きつづき睾丸に本酵素活性が証明された事はandrogenが睾丸から胎生期に引きつづき分泌されている事を暗示するものであり、生化学的にこの時期の血中にtestosteroneを測定出来たとの報告（Resko et al, 1968）と一致する。

出生直後の睾丸から分泌されるandrogenは視床下部の機能を男性化する事に重要な役割を演ずることが知られ（Harris, 1964）、この時期以後の睾丸からのandrogen分泌が自らの下垂体からのＩＣＳＨによる事を我々は照明した（Yaginuma, 1969, Yaginuma et al 1969）。

出生後には単位面積あたりの本酵素活性は一時次第に減少するが睾丸全体としての酵素活性には著変なく、30日令頃から再び急激に増加し始め、この頃から androgen 分泌が盛んになる事を示す。Baillie and Griffiths（1965）はマウスについて同様の組織化学的成績を報告している。

（B）ヒト

ヒトでは妊娠10週5日から18週までには多数の間質細胞が認められ、ここに本酵素活性が強く存在し、21週以後この数は次第に減少するが出生後なお本酵素活性が認めるとの所見が得られた。

従来の報告によると、睾丸の間質細胞は胎生8週の終り頃から急速にその数を増し14～16週で最高に達するが、17週以後になると初期に間質全体をおおつていた中枢葉性細胞と漸次混じり合い Leydig 細胞の空胞化が増大し核の nekrobiosis や karyolysis が見られるようになり、26週から出生まで胎児間質細胞の形態は不変であるという（Gillman, 1948）。一方 Δ^5-3β-HSDG 活性は妊娠8週末に出現し始め、それから急速に増加して11週から12週で最高に達し、その後は妊娠末期になるにしたがつて漸次減少するが出生時にも本酵素活性が認められるという。（Wolstenholme et al., 1967）

ヒト胎児の性管の性分化は約妊娠10週で起こるがこれは恐らく睾丸から分泌される androgen によると思われ Acebedo（1963）は17週の胎児睾丸に testostrone 産生能の存することを証明している。本実験において胎生早期の妊娠10週〜18週の睾丸に Δ^5-3β -HSDG 活性を証明した事は胎生早期に睾丸が androgen を産生し、これが性分化に関係している事を暗示している。

次にこの胎生睾丸からの androgen 産生調節因子について考察してみよう。これには胎盤からの H.C.G および下垂体からのＩＣＳＨが考えられるが、そのいずれによるのかはいままで不明であつた。著者は無脳児では下垂体前葉が欠如あるいは萎縮しており断頭ラットに似た状態であることに着眼し、無脳児の睾丸を検索する事により androgen 産生調節因子としての下垂体ＩＣＳＨの意義を推測しようと試みた。その結果無脳児の睾丸重量は正常児に比べて小さく、Δ^5-3β -HSDG 活性の切片上の分布面積は正常児に比べやや少ない傾向があること、したがつて睾丸全体として androgen 産生能は正常児より少ない事を暗示する成績が得られた。このことは妊娠末期の睾丸の androgen 産生は下垂体ＩＣＳＨに依存している事を示唆している。Zondek and Zondek は胎生7〜10ヵ月の無脳児をそれぞれの時期の正常児と比較し、睾丸は無脳児の方がやや小さく、その差は妊娠末期程著しくなると報告し、睾丸の発育が妊娠初期ではＨＣＧに依存し、妊娠末期には自らの下垂体に依存している事を示唆しているが、胎児下垂体前葉に Gonadotroph と思われる細胞が妊娠２ヵ月頃から生ずるとの報告（Falin, 1961）はこの時期における下垂体性ＩＣＳＨの意義を暗示しており、一方臍帯血および新生児血中にＨＣＧ活性が微量ではあるが証明されるとの報告（Laurtzen & Yehman, 1967）は妊娠末期においてもＨＣＧの意義を無視出来ない事を示唆しているなど、ヒトの胎児および新生児の睾丸からの androgen 産生を刺激する Gonadotrophin が何処に由来するかは今後のさらに詳しい検討を必要とする。

（Ⅱ）卵巣

今回の実験では胎生期の卵巣は睾丸とは異なりラットおよびヒトのいずれにおいても本酵素活性を認めなかつた。なおラット卵巣では生後10日頃になつて始めて本酵素活性の出現が見られた。

ラットについての成績は、Presl et al.（1965）の同様の報告とともに、胎生期および生後数日以内の卵巣からは steroid hormone の産生がない事を暗示するものであり、雌性ラットの生殖管は卵巣の有無に無関係に分化発育するとの知見（Price & Pannabecker, 1959）とよく符号する。

ヒト胎児卵巣について Hart et al.,（1966）は妊娠20週以後に本酵素活性を認め Goldmanet et al.,（1966）は12㎝の胎児の卵巣に既に本酵素活性を認めたというが、Baillie et al.,（1966）は Goldman et al. の実験が死後12～96時間後に採取された材料について観察されたことからこの実験結果に疑義を抱いている（Ballie et al, 1966）。今回の実験ではヒトにおいても胎生期の卵巣からは steroid hormone の分泌がない事が暗示されたが、結論を出すためにはさらに新鮮組織についての多数例の観察が必要であろう。

以上のごとく、ラットおよびヒトの卵巣は胎生期および生後のある期間内においては steroid hormone を産生しない事が暗示されたことは、前述の睾丸の所見とは全く異なっており、胎生期における性管の分化および生直後の視床下部の機能の性分化には睾丸から分泌される androgen が積極的な役割を演ずることを示唆するものであろう。

（Ⅲ）副腎

（A）ラット

ラット胎児副腎皮質の primodia は胎生13日に初めて dorsal mesentery にあらわれその後急

速に発育をとげ、胎生17日には髄質細胞が皮質への侵入を開始し漸次中心部に移動することが知られている。組織化学的には胎生16日に皮質細胞にズダン好性リピットが出現し、17日にはかなり増大しその後徐々に増加して出生に至るが、胎生17日以後リピットはAshbel and Seligmanのcarbonil反応を示し続く2日以内にSchultz cholesterol反応、small birefringent crystalおよびyellowish fluorescenceも見られる様になるという（Josmovich et al, 1954)。なおラットでは胎生期に既に脳下垂体—副腎系は機能ユニットとして確立されていることが知られている（Noumura, 1959)。

今回のラットの実験では、副腎皮質のzonationが未だ明瞭でない胎生17日の副腎にΔ^5-3β-HSDG活性が認められ、Schlegel et al.（1967）の報告と一致する成績が得られた。この事は胎生期のラット副腎皮質がsteroid hormoneを分泌する事を暗示している。

（B）ヒト

ヒト胎児副腎における本酵素活性の出現時期は報告者により違い一定していないが、Block et al.（1962）は胎生9週にinner permanent cortexとouter fetal cortexに本酵素活性を認めたとし、Niemi and Baillie（1965）は胎生8週で本酵素活性をpermanent cortexの内層およびfetal cortexに認めたが、14、16週のfetal cortexにはきわめて弱い活性しか存在しないと報じている。

今回の実験では妊娠7週6日に permanent cortex に本酵素活性を認め、胎生早期では fetal cortex の外層にも弱い活性が認められた。一方満期産無脳児の副腎はきわめて小さいが、組織学的には permanent cortex の発育は正常胎児と大差ないのに feal cortex の発育は極度に悪く殆ど欠除していることから、fetal cortex の発育は胎児下垂体に依存していることが暗示された。なおΔ^5-3β -HSDG 活性は正常児でも permanent cortex にのみ認められ、fetal cortex には本酵素活性は殆ど認められないが、無脳児副腎においても本酵素活性の分布様式は正常児とほぼ等しく、Goldman et al.（1966）の所見と同様であった。副腎は妊娠中に著増する estogen 特に estriol の precursor であるDHEAや 16α -OH DHEA の主要な供給源であることが知られているが、fetal cortex はここにΔ^5-3β -HSDG 活性が認められなかったことはここで生成される上記ステロイドが本酵素の作用をうけてΔ^4 Androstendione や 16α -OH-Δ^4 Androstendione などに転換されて estrogen への代謝ルートにのることはない事を示すものであり、Block & Bernischke（1956）等の生化学的成績とよく符合する。

(Ⅳ) 胎盤

(A) ラット

ラットでは妊娠14日の trophoblastic giant cells に本酵素活性を認め妊娠末期に減弱する成績が得られたが、これは Deane et al. (1962) や Botte et al. (1966) の結果とほぼ一致する。この事はラット胎盤では、giant trophoblasts のみが steroid hormone 合成能を持つ事を暗示する。しかしこの giant trophoblasts の本酵素活性はヒト胎盤に比して相対的に非常に少ないから、この細胞が progesterone および estrogen を分泌するにしてもその量は非常に少なく痕跡程度であると考えられ、ラットでは妊娠15日以後は卵巣黄体から分泌されるホルモンが妊娠維持に必要であるとの知見(Deane et al, 1962)と符号する。

(B) ヒト

妊娠2ヵ月の trophoblastic layer に本酵素活性を認めたが、妊娠中期以後は末期になるに従つて僅かに活性が減弱する傾向が認められた。

従来は一般に Proteohormone は Langhans 細胞で、steroid hormone は Syncytium 細胞で産生されると考えられていたが、今回の実験で Δ^5-3β-HSDG 活性は Langhans 細胞および Syncytium 細胞の両方に認められた事は Langhns 細胞でも steroid hormone が分泌される可能性を暗示している。なお妊娠末期には切片単位面積当りの本酵素活性は減弱するが胎盤重量は増加するので、胎盤全体としての steroid hormone 産生能は増加するものと思われる。

総括並びに結論

胎生期から幼若期にかけての steroid hormone 産生臓器の Δ^5-3β-HSDG 活性を組織化学的に検索して次の成績を得た。

(I)　**睾丸**

(1)　ラット睾丸では Leydig 細胞にのみ本酵素活性が存在し Müller 氏管および Wolff 氏管の性分化の始まる胎生17～18日以前の胎生16日に既に強い活性が認められこの時期に androgen が分泌されて性管の性分化に主役を演ずる可能性が示唆された。

出生後には単位面積内の Leydig 細胞が減少するのに平行して酵素活性も減少し、18日令頃最低となるが、35日令以後には Leydig 細胞数は再び増加し本酵素活性も増加する。

(2)　ヒト睾丸でも本酵素活性は Leydig 細胞にのみ認められ、性管の性分化の起こる時期である妊娠10週5日の睾丸のLeydig細胞に既に本酵素活性を認め、妊娠18週0日では間質組織の増殖に伴ってLeydig細胞数は増加し強い本酵素活性を認めた。妊娠中期の21週3日になると単位面積内のLeydig細胞数が減少して来る様であるが、出生直後の新生児睾丸にも本酵素活性を認めた。

満期産無脳児の睾丸は正常新生児の睾丸より小さく、そのLeydig細胞には本酵素活性は認められたが切片上の分布面積は正常胎児睾丸に比べやや少ない傾向があることから、睾丸全体としてのandrogen産生能は正常児より少ないことが暗示され、このことからさらに妊娠末期の睾丸のandrogen産生が胎児下垂体ＩＣＳＨに依存することが示唆された。

（Ⅱ）卵巣

（1）ヒトでもラットでも胎生期および新生児期の卵巣には本酵素活性は認められず、この時期の卵巣にはsteroid hormoneの産生能がない事が暗示された。この成績は雌性ラットの生殖管の性分化は卵巣の有無とは無関係であり、胎生期における性管の分化および出生直後の視床下部機能の性分化には睾丸から分泌されるandrogenが積極的な役割を演ずることを暗示している。

（2）ラットでは生後10日令にはじめて卵巣の間質組織中に僅かに本酵素活性が出現し、以後間質組織の発達に呼応して酵素活性は増大し、30日令頃から内莢膜細胞にも認められるようになる。膣開口の40日令頃では本酵素活性は黄体に最も強く認められ、間質組織がこれに次ぎ、内莢膜細胞では弱く、成熟期と同様の pattern となる。

ヒトの成熟期卵巣でも黄体中の本酵素活性はきわめて強く、内莢膜には酵素活性を認めたが、顆粒膜細胞には本酵素活性を認めなかった。

（Ⅲ）副腎

（1）ラット副腎では胎生17日に既に本酵素活性を認め、この時期に既に steroid hormone 分泌能を有することが示唆された。生後副腎皮質が球状層、束状層および網状層に分かれてからは球状層には本酵素活性は認められず、後者2層にのみ認められた。

（2）ヒトでは妊娠7週6日の胎児副腎では既に本酵素活性は permanent cortex に強く認められ、妊娠早期の fetal cortex には本酵素活性は認めなかった。

満期産無脳児の副腎では、その permanent cortex の発育は正常児と変りなく本酵素活性も認められた。しかし fetal cortex の発育は極度に悪いことから fetal cortex の発育は胎児下垂体に依存していることが暗示された。なお fetal zone には本酵素活性は認められない。

(Ⅳ) 胎盤

(1) ラット胎盤では妊娠14日以後妊娠中 giant trophoblast に本酵素活性を認めたが、本細胞は量的にきわめて少ないからその分泌するホルモンで妊娠が維持するとは考え難く、母体卵巣黄体が妊娠維持のための主役を演じていることが暗示された。

(2) ヒトでは妊娠2ヵ月に Langhans および Syncytium 細胞に本酵素活性を認め、特に絨毛芽の部分の活性が強かつた。妊娠中期以後には切片単位面積当りの本酵素活性は漸減の傾向にあるが、胎盤重量の増加と平行して胎盤全体としてのホルモン産生能は増加するものと思われる。ヒトではラットと異なり、妊娠の維持には母体の卵巣黄体よりも胎盤ホルモンが主役を演じていることと符合する成績といえよう。

稿を終るに臨み、御懇篤なる御指導御校閲を賜つた恩師小林隆教授に深甚なる謝意を表します。又終始直接御指導御助言を戴いた中山徹也助教授及び柳沼忞博士に厚く御礼申し上げます。特に組織化学的研究の御手引きを下さいました前東北大学農学部教授故市川収先生に衷心より感謝の意を表します。

文　献

Acebedo, H.f., Axelrod, L.R., Ishikawa, E. and Takaki, F. (1961) : J. Clin. Endocinol. Metabol. 21, 1611.

Baillie, A.H., Niemi, M. and Ikonen, M. (1965) : Acta Endocrinol. 48, 429.

Baillie, A.H. and Griffiths, K. (1965) : J. Endocrinol. 31, 207.

Baillie, A.H., Fardson, M.M. and D. Mck Hart (1966) : Developments in Steroid Histoch. Academic Press London

Block, B., Tissenbaum, B., Rubin, B.L. and Deane. H.W. (1962) : Endocrinol. 34, 439.

Block, E., Bernischke, K. and Rosenberg (1956) : Endocrinol. 58, 626.

Deane, H.W., Rubin, B.L., Dricks, E.C., Lobel, B. L. & Leipsner, G. (1962) : Endocrinol. 70, 407.

Falin, L.J. (1961) : *Acta anat.*, 44, 188.

Gillman, J. (1948) : Contrib. Embriol. 32, 81.

Goldman, A.S., Yakovac, W.C. and Bongiovanni, A.M. (1966) : J. Clin. Endocrinol. Metab. 26, 14.

Harris, G.W. (1964) : Endocrinol. 75, 627.

Inao, H. and Tamaoki, B. (1966) : Endocrinol. 79. 579.

Josmovich, J.B., Ladman, A.J. and Deane, H.W. (1954) : Endocrinol. 54, 627.

Jost, A. (1947) : Arch. Anat. Microscop. Morph. Explt., 36, 271.

Jost, A. and Tavernier, R. (1956) : Comp. Rend. Acad. Sc., 243, 1353.

Kobayashi, T. (1968) : 間脳下垂体性腺系の動的考察〟 p. 168.

Laurtzen, C.H, and Lehmann, W.D. (1967) : J. Endocrinol., 39, 173.

Levy, H., Deane, H.W. and Rubin, B.L. (1959) : Endocrinol., 65, 932.

Nakayama, T., Arai, K., Nagatomi, K., Tabei, T. and Yanaihara, T. (1966) : Endocrinol. Japonica, 13, 153.

Niemi, M. and Baillie, A.H. (1965) : Acta Endocrinol., 48, 423.

Niemi, M. and Ikonen, M. (1961) : Nature, 189, 592.

Niemi, M. and Ikonen, M. (1963) : Endocrinol., 72, 443.

Noumura, T., Weiz, J. and Lloyd, C.W. (1966) : Endocrinol., 78, 245.

Noumura, T. (1959) : Japan J. Zool. 12, 279.

Presl, J., Jirasek, J., Horsky, J. and Henzl, M. (1965) : J. Endocrinol., 31, 293.

Price, D. and Pannabecker, R.F. (1959) : Arch. Anat. Microscop. Morph. Exptl., 48, 223.

Resko, J.A., Feder, H.H. and Goy, R.W. (1968) : J. Endocrinol., 40, 485.

Roosen-Runge, E.C. and Anderson, D. (1959) : Acta Anat., 37, 125.

Samuels, L.T. and Helmreich, M.L. (1956) : Endocrinol., 58, 435.
Torrey, J.W. (1950) : J. Exptl. Zool., 115, 37.
Wattenberg, L.W. (1958) : J. Histoch. and Cytoch., 6, 225.
Wells, L.J. (1950) : Arch. Anat. Microscop. Morphol. Exptl., 39, 499.
Wolstenholme, G.E.W. and O'Connor, M. (1967) : Colloquia on Endocrinol., 16, p39, Churchill LTD London
Schlegel, R.J., Faris, E., Russo, N.C., Moore, J. and Gardner, L.I. (1967) : Endocrinol., 81, 565.
Yaginuma, T. (1969) : in press J. Jap. Obstet. & Gynec. Soc.,
Yaginuma, T., Matsuda, A., Murasawa, Y., Kobayashi, T. and T. Kobayashi (1967) : in press Endocrinol. Japonica
Zondek, L.H. and Zondek, T. (1965) : Biologia Neonat., 8, 329.

(No. 2247　昭44・5・6受付)

東京大学医学部産科婦人科学教室（指導教官：小林　隆教授）
松田　昭夫

〈附図〉

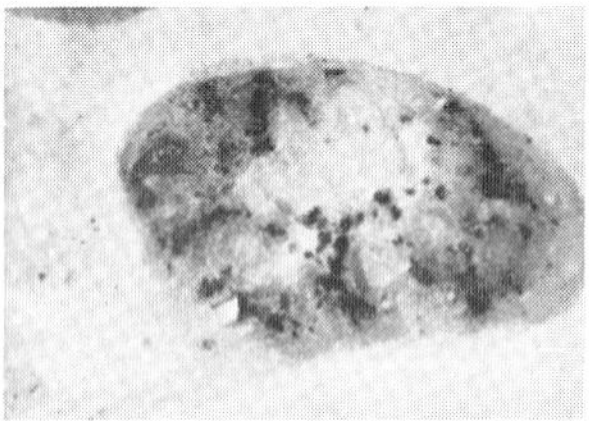

写真１　ラット睾丸胎生 19 日
（× 20）

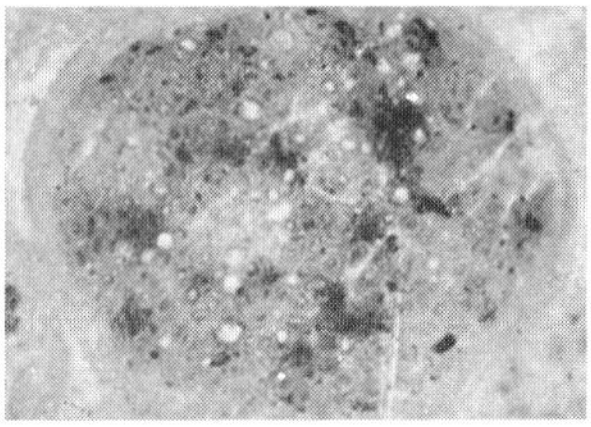

写真２　ラット睾丸生後０日
（× 20）

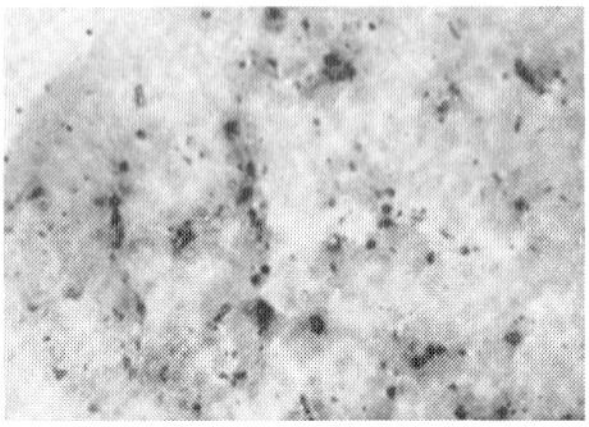

写真３　ラット睾丸３日令
（× 20）

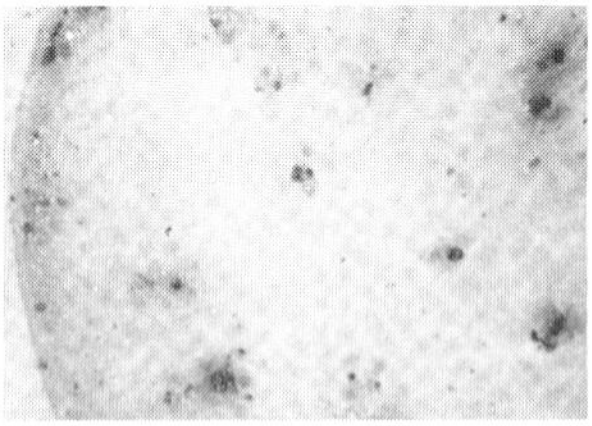

写真４　ラット睾丸８日令
（× 20）

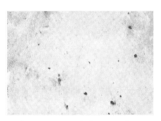

写真５　ラット睾丸 18 日令
（× 20）

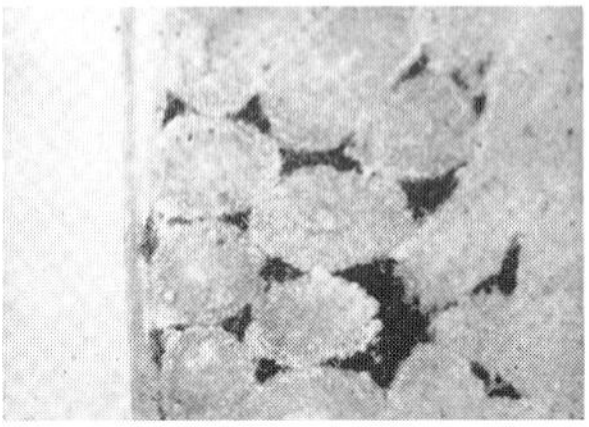

写真６　ラット睾丸 55 日令
（× 20）

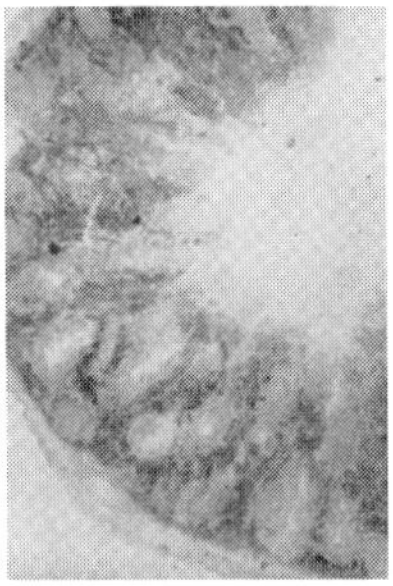

写真 7　人胎児睾丸 10 週 5 日
(× 20)

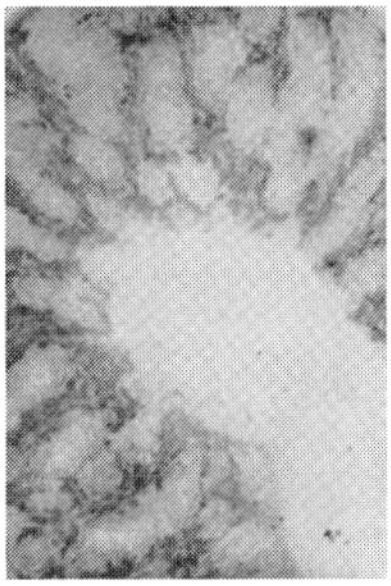

写真 8　人胎児睾丸 18 週
(× 20)

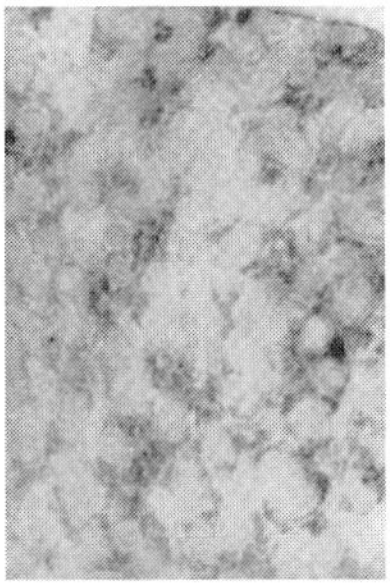

写真 9　人胎児睾丸 27 週 6 日
(× 20)

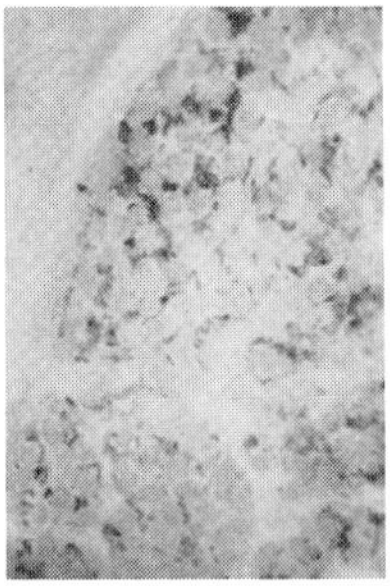

写真 10　人胎児睾丸 10 ヵ月
(無脳児) (× 20)

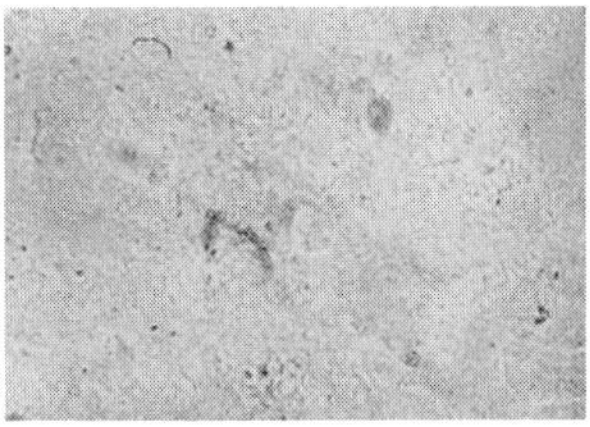

写真 11　人胎児卵巣 29 週 1 日
(× 50)

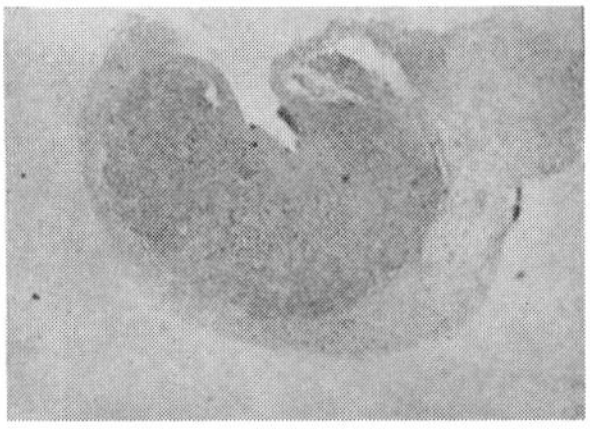

写真 12　ラット卵巣 2 日令
(× 20)

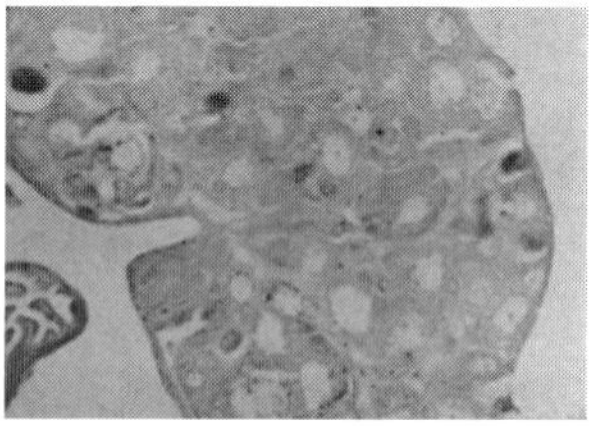

写真 13　ラット卵巣 10 日令
(× 20)

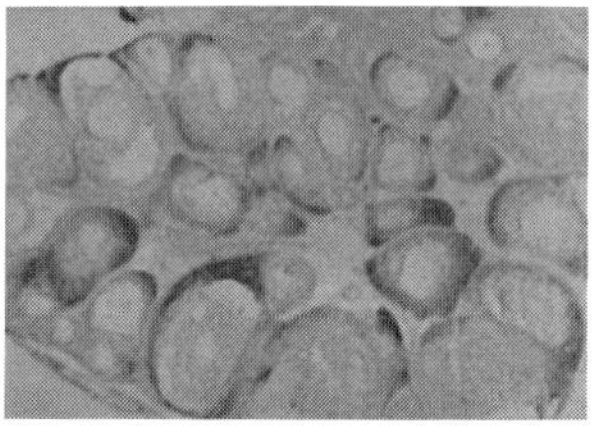

写真 14　ラット卵巣 20 日令
(× 20)

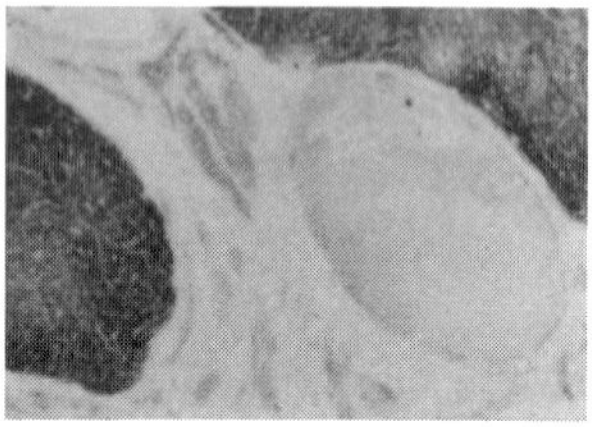

写真 15　成熟期ラット卵巣
(× 20)

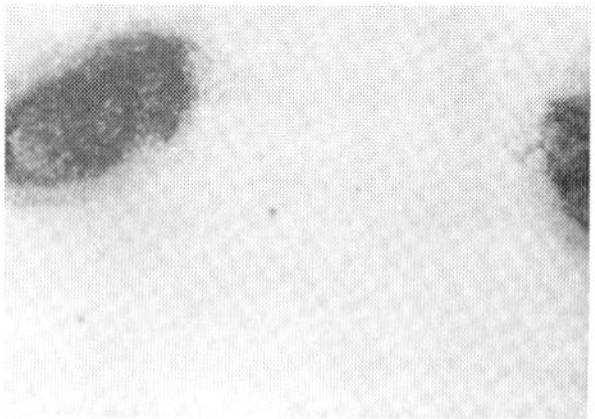

写真 16　ラット胎仔副腎胎生 17 日（× 20）

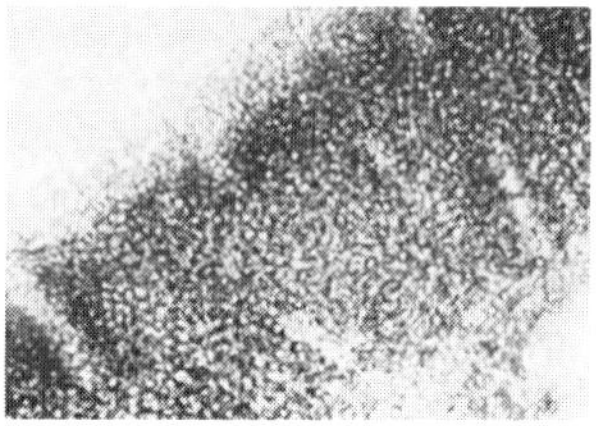

写真 17　ラット副腎 0 日令
(× 50)

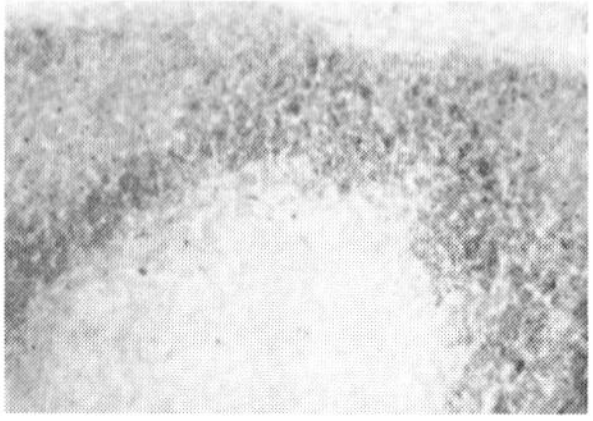

写真 18　人胎児副腎 9 週 5 日
(× 20)

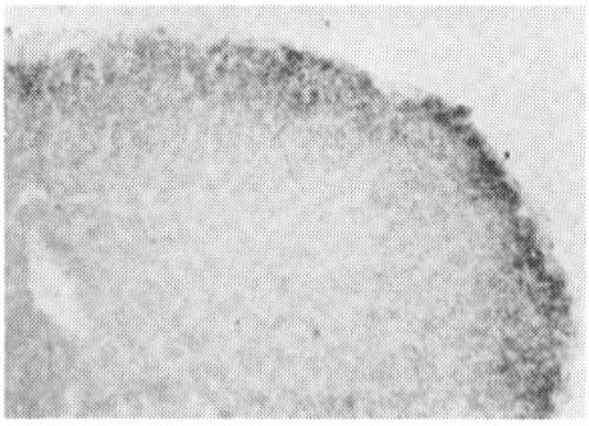

写真 19　人胎児副腎 13 週
(× 20)

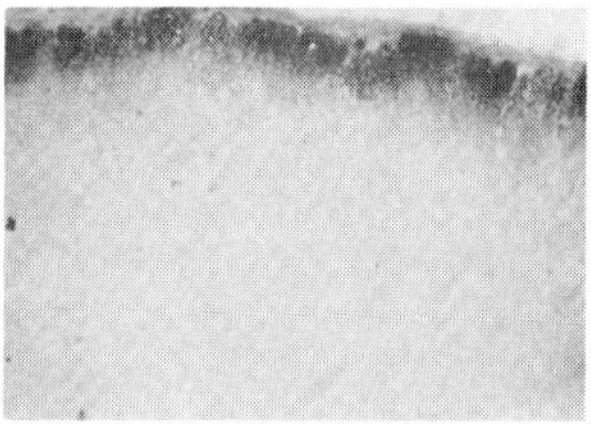

写真 20　人胎児副腎 29 週 1 日
(× 20)

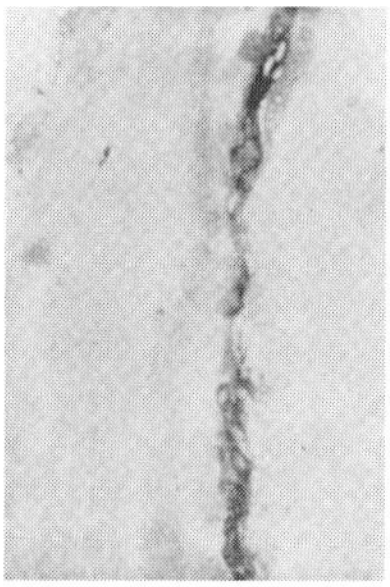

写真 21　ラット胎盤、妊娠 14 日
(× 20)

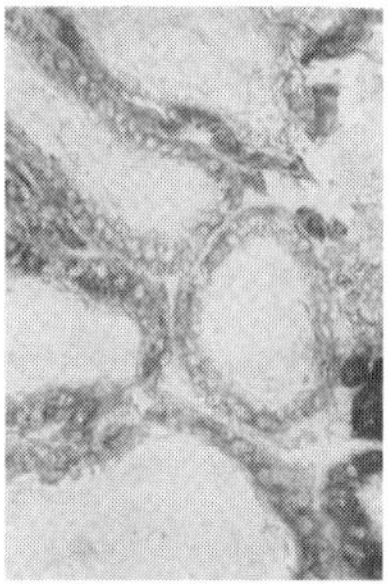

写真 22　人胎盤、妊娠 2 ヵ月
(× 50)

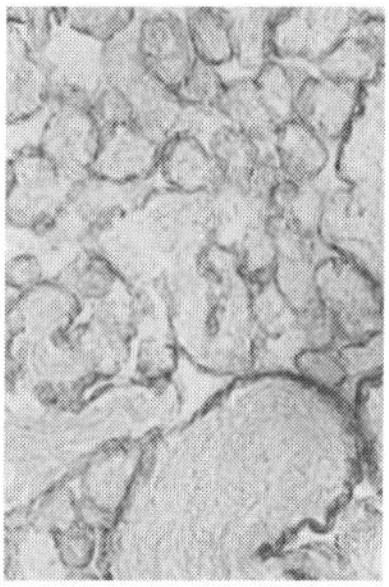

写真 23　人胎盤、妊娠 10 ヵ月
(× 50)

第4章

ヨーロッパ病院視察旅行

フランス病院訪問

『ろうさいフォーラム』（関東労災病院誌）１９９２年９月

はじめに

昨年（１９９１年）、19日間の特別休暇の許可がおりて、フランスへ病院視察の旅に出た。パリおよび西南フランスのボルドーを中心に、いくつかの病院を見てきたが、そのときの様子を、感想を交えて書くことにする。また最後に、このたびお世話になったドミニクさん（フランス）とその家庭について触れてみたい。

視察の目的は、フランスの女性がどのような待遇でお産をしているかを知ることであった。

ラ・ロッシェルの中央病院

ラ・ロッシェルは大西洋にのぞむ港町で、赤レンガ色の屋根が連なる中世風のたたずまいをした地方都市である。人口約八万人、港にはたくさんの漁船がマストを林立させていて、街には新鮮な魚介類が豊富に並べられていた。病院は小高い丘の上にあり、ちょうど街の家々の屋根が、美しい絵葉書を見ているように眺望できるところに位置していた。

総ベッド数一、七〇〇床の総合病院は、充分な敷地の中に四～五階建てで、やや平坦に感じられた。産婦人科部門は、道路を隔ててまったく独立した建物になっている。ベッド数四八床で、昨年の分娩数一、三五八件を、常勤助産婦八名とパート四名で行ったという。産婦人科は助産婦のみで、勤務は十二時間交替だという。お産は約五日入院で分娩科は無料（保険でカバーされる）、退院後も産後十二日間はすべて往診も含めて無料だという。産科医は常勤三名、パート四名、アシスタント四名ということであった。

まず最初にびっくりしたことは、病室は個室が原則になっており、トイレ、シャワーが付いているということであった。

次に感心させられたことは、分娩室はじめ診察室、陣痛室、新生児室、手術室など、信じられないくらい完璧に備わっており、そのスペースも充分とってあることだった。ちなみに、労災病院全体で一台しかないレザー治療器が、ここでは当然のように、手術台の脇に置いてあった。

また、我が労災では何年かかっても買ってもらえなかった腹腔鏡の機器が、腹腔鏡下手術ができるように、モニターを二台つけてちゃんと一つのセット架台に乗っているではないか。あらゆる医療設備が、その医療体制とともに充実していて羨ましい限りであった。

未熟児、病的新生児の受入れ態勢、その設備はＮＩＣＵを含めて当然のこととして小児科が対応していた。

夕方、Dr.サルザールの家を訪ねた。二〜三〇〇坪の広い屋敷に、二〇メートルくらいのプール付きの平屋のゆったりした家であった。ドクターの給料は我々と同じくらいなのに、生活内容の相違を感じないわけにはいかなかった。

ポーの中央病院

ポーの街からスペイン国境のピレネー山脈が眺望できる。大西洋からやや内陸部に入ったこの地方、ピレネーアトランテック県最大の地方都市であるポーの人口は約九万人、県庁所在地、大学、軍事基地および農産物の集積地である。

日本を出発する前、Dr.シュバリエにポーの病院訪問の許可をとりつけてあったのだが、もう一度確認の意味で、ポーに着く二日前から毎日電話をしていたが、なかなかドクターが電話口に出てこない。出るのはいつも女性（後で彼女は秘書だと分かった）で、フランス語しか喋らない。小生が「Dr.シュバリエ、プリーズ」と叫び続けるものだから、何回か電話をしているうちに、ようやく英語の通じる女性が出てきた。小生が約束をしてある日に伺うからというと、そんな約束は予定表に入っていないという。それでは、次の日とかいつか約束のできる日はないのかというと、当分の間ほかの予定がたくさん入っていて駄目だという。

訪問前日がやってきた。とにかく翌日は病院に行くだけ行ってみて、それで断られたら諦めるしかないと思った。ホテルのフロントで病院行きのバスがどこから出ているのかを聞いて、近くのバス停のある所まで行き、バスを待っている街の人にも聞いたりしてバス停を確認しておいた。病院は、つい最近までホテルの近くの街の中心地にあったのだが、手狭になり郊外へ移転したのだという。

ついに当日の朝が来た。この日は、夕方ホテルを引きあげることになっていたので、朝食を済ませてトランクの荷造りをしていたら、八時ごろフロントから電話がかかってきた。シュバリエ医師が受付で待っているという。『えっ、ほんと？』とびっくりしながら、一方ではほっとして『よかった』と安心する。荷造りを急いで済ませて、フロントへ飛んで行く。ドクターは自分の車で来たのだが、もしよかったら一緒に病院に行かないか？　それから病院を案内しようという。これは願ったりかなったりで喜んで参りたいというと、それではといって一緒にホテルを出る。ドクターの車は、ホテルの近くの路上に駐めてあった。

まずびっくり。『うそ！　ほんと？』と驚嘆の声を上げそうになるくらいのひどいオンボロ車（ワゴン型のプジョー）であった。エンジ色の外装は日焼けして一部が剥げかかっているし、内部の椅子やフロントは汚れ放題で、部材の一部はボロボロに破れて内部がほつれて外部に露出していた。ドアをガチャンと力強く閉めて、エンジンも何とかかかった。少し恥ずかしくなるくらいのけたたましい音を立てながら、ドクターの車は町中を郊外へ向かって快走した。ドクターは小生の気持ちなど全然気にしていなかった。にこにこしながら気さくにいろいろ話しかけてきた。このオンボロ車を楽しそうに運転している風であった。

郊外の丘陵は、なだらかで緑に覆われていた。新築相成った鮮やかなブルーの壁の病院は、広大な敷地の中に低くゆったりと建ち広がっていた。総ベッド数八一四床、産婦人科ベッド数三五床、常勤産科医二名、助産婦十三名、昨年分娩数八一一件、病室はやはりトイレ、シャワー付きの個室が普通で、テレビなどを備え付けてあり、さながらホテル並みであった。食事は、いくつかのメニューから選択するのが普通なのだそうだ。

お産の六〜七割に無痛分娩が行われる。分娩中の妊婦さんが二人いたが、それぞれ麻酔科医と助産婦、そしてご主人がついていた。ドクターは産科的処置を行うときに呼ばれていく。病院によっては、正常分娩の会陰縫合も助産婦がするという。無痛分娩が多いせいか、帝王切開は十数%（労災は三〜四%）だし、吸引分娩なども多いようであった。どういう訳か、助産婦はどこでも十二時間勤務をしていた。そして分娩数からみると、小人数で仕事をこなしていた。

医師の常勤医は二名で、数が少ないと思うのだが、しかしそれぞれに秘書が一人ずつついているのは、羨ましい限りであった。なにしろドクターの部屋は、初めから秘書室付きに造られているのである。そしてドクターの雑用であるカルテ整理・文書類の始末等は、すべて秘書が行っていた。小生のように、雑用は家に持ち帰ってやるようなことはないのである。

外来部門・分娩室・陣痛室・調乳室・新生児室・妊婦指導室など、それに続く未熟児や病児を受け入れる小児科のＮＩＣＵなどの設備とスタッフは完璧であり、病院が新しくなったこともあって、ラ・ロッシェル以上に整っていた。また信じられないようなことなのだが、妊娠中絶だけをするセクションがあって、そこでは受付・待合室・診察室・手術室・安静室などが完備されていた。このスペースだけでも、我が労災病院産婦人科の三倍はあろうかと思われた。

小児科のＮＩＣＵを中心に見学したあと、Dr.シュバリエの回診について回った。ちょうど昼食時になっていた。ナース・ステーションの隣の配膳室のようなところで、ドクターがシャンパンを開けて、看護婦さんやインターンの女医さんたちを集めて、小生を歓迎して乾杯をしてくれた。

昼食は、インターンの女医さんたち二人を従えて、またドクターの楽しい車に乗って町中の小高い眺めのよいレストランに行った。ワインを開けて昼食をご馳走になった。ここでフランス語ができれば、もっと楽しめたろうにと残念であった。

さて、このポーの病院のDr.シュバリエのポンコツ車は、小生にとって本当に愛すべき、尊敬すべき存在に思われた。それはこのポンコツ車が、今回の旅の結論を与えてくれたように思えたからである。

すなわち、日本の医療、特に設備や施設のハード面における貧しさは、Dr.シュバリエのポンコツ車であり、日本人の乗っているピカピカの立派な車は、充実したフランスの医療設備・施設であったのである。まさに、日本はフランスと社会構造が逆転しているのである。そしてこれは、医療の面だけでなく、日本の社会基盤全体についてもいえるのではないだろうか。

海外旅行をしていると「私はこれで今年は五回目だ」とか「六回目だ」とかいって、有名ブランド店で群れをなして札ビラを切っているのは、たいてい中小企業とか自由業の経営者かその一族である。そして彼らの旅費は、交際費として合法的に税金免除なのである（ちなみに一般のフランス人はブランド品は高価であまり買えないという）。いやおうなしに税金をむしり取られているサラリーマンにとっては、なんとも納得のいかない話である。

一方、日本の大企業はというと、あのシャトー、このブドウ園、そしてあの不動産と買い漁って、フランス人のひんしゅくを買っているのである。我ながら日本人ってどうなっているのだろうと思わざるを得ない。一年に何回も旅行する金があるのに、また外国の土地を買うほどたくさんの金があるのに、なぜ日本の社会基盤は貧しいのだろうか。その金の一部でも、医療設備・老人施設等の社会福祉施設・上下水道等の環境設備に使ったらどうなのだろうか。日本人って自分のことしか考えないのだろうか？

もっと社会全体（ひいては地球全体の環境）のことを考えて行動しないのだろうか？

これは政治家が悪いのか、それを選んだ国民が悪いのか、それともこのような狭い了見の日本人をつくった教育が悪いのか？
いまや日本人が世界の人たちからひんしゅくを買っているのは確かだ……。

ラ・コステ先生

西南フランス・ボルドー近郊のカストル、ジロンド地方の開業医、いわゆるこの地方のホーム・ドクターというところだ。日本でいえば、診療所を開業していると理解してもらえばよい。

ラ・コステ先生の診療所は、ブドウ畑の村の中にあり、何気ない一戸建ての民家風の平屋で、診療部門は受付・待合室・予診室・治療室兼診察室からなり、各部屋ともデラックスな応接間風に造ってあった。

フランスでは、開業は日本のように自由にどこでもできるわけではなく、いわゆる伝統的な縄張りがあって、地域地域で昔から開業していた人（医師）以外の開業は認められないのである。しかし、この権利は他人に譲渡することができるのだそうである。もちろん、往診もあり、かなり忙しそうであった。

ランゴンのパスツール病院

ランゴン市のセンター病院で、総ベッド数一四五床、産婦人科ベッド数十五床、昨年の分娩数四八〇等、一覧表に示したように、小規模な地方基幹病院である。しかし、設備はそれなりに充分に備わっているのには感心させられた。産婦人科の婦長が院内の案内をしてくれたのであるが、婦長自身助産婦で、給料はそのわりに安く、月収二十三万（?）くらいだということであった。他のフランスの病院と同様、助産婦は十二時間勤務で、小人数でやっていた。また常勤医師は二名とのことであった。

ボルドーのパガテル病院

総合病院で、総ベッド数が二六〇床とは思えないくらい広大な敷地と建物を有していた。看護学校もあり、病院だけでなくいろいろな社会福祉機関がこの敷地の中にあるようであった。この病院は、パブリックな経営形態をとっているので、年間予算が決まっていて、その予算内での医療活動しかできないのである。そして、給料の上昇が医療活動の制約をしている現状を

フランス訪問病院名

	所在地	パリ	ラ・ロッシェル	ポー	ランゴン	ボルドー			カストル・ジロンド	川崎市
	病院名	ピシャ	センター	センター	バスツール	パガテル	ベルゴニーがんセンター	聖セリニ	ラコステ	関東労災
	事業主体	大学病院	市立病院	市立病院	市立病院	公立病院	公立専門病院	私立病院	開業個人病院	
	対応 Dr.	マデレナー教授	サルザール（チーフ）	シュバリエ（チーフ）	婦　長	婦　長	コーエン	オードベルト	ラコステ	
	総ベッド数		1700	814	145	260				660
	総医師数	腹腔鏡、子宮鏡下手術および採卵等盛んに行っている	常勤 188 パート 18 アシスタント 11 補助 80	常勤 52 パート 11 アシスタント 4 補助 40 インターン 54	常勤 20 非常 2	常勤 60 非常 14	放射線治療 乳癌 366 （婦人科癌） 子宮頸癌 41 子宮体癌 16 卵巣癌 25 膣外陰癌 7 手術療法 円錐切除 22 卵巣摘除 8 子宮摘除 44 ウエルトハイムおよびリンパ郭清 14 広汎子宮摘除およびリンパ郭清 26 骨盤除臓術 2 その他 13	腹腔鏡、子宮鏡下手術および採卵等を盛んに行っている (1990) GEU 30 KO 86 SNT 62 AVTRE 60 SOL 35 MYOX 8 SALPX 10 INFECTION 5 TOTAL 296	地域医療（家庭医）を行う	常勤 82
	総ナース数		750	342（パート含）	54	113				常勤 356
産婦人科	ベッド数	41	48	35	15	30				29
	医師数		常勤 3 パート 4 アシスタント 4	常勤 2 夜勤 2	常勤 2	常勤 1 パート 5				常勤 4
	秘書	有	有	2人						無
	看護婦数		助産婦 8 パート 4	助産婦 13	助産婦 6 パート 2 看護助手 7	助産婦？ 14 ASH 4				助産婦 15 看護婦 9 ヘルパー 1
	分娩数（1990年）	1845	1358	811	480	1400				700
	分娩介助		助産婦	助産婦	助産婦	産科医				助産婦
	分娩料	無料	無料	無料	無料	無料				有料
	病院（トイレ、シャワー付）	個室または2人室	個　室	個　室	個室または2人室	個室または2人室				6人室（トイレ、シャワーなし）
	入院日数	5〜6	5	5〜6	5	5〜6				6
	母児		同　室	同　室	同室または異室	同　室				異室
	NICU	有	有	有	公立小児病院	1.5 kg以下転送				無

話してくれた。

　一方、フランスではプライベートな経営形態をとっている医療機関もあり、ある程度収益に応じた出費が認められるのだそうである。それにしても、この充実した医療施設ぶりは不思議であった。

ボルドーのセント・セリニ病院

　市街地にあるプライベートの小規模病院で、ここでは産婦人科外科医であるDr.オードベルトの腹腔鏡下手術を見学した。患者は全身麻酔をかけられ、膣洗浄後ヒステロスコピーが行われる。画像は二つのモニターで詳細に観察され、まさに直視下ではないかと思われるくらい鮮明であった。気腹後体位がとられ、卵巣嚢腫が画面に映る。嚢腫の穿刺、内容の吸引が行われた後、嚢腫の根元が電気メスで切除される。切除と平行して断端はクリップでとめて止血されるのである。また、絹糸で直針を使って直接指を使ってするが如くに上手に縫合・止血も行われた。切除された組織は吸引され、病理組織検査のために固定液に入れられた。手術時間は三十分くらいだった。ドクターは、手術所見を電話で速記させたあと、家族の元へ行き手術結果を報告した。人員は看護婦二人、麻酔科医そしてドクターと合計四人で、患者は次から次へと流れ作業で片付けられた。午前中で三〜四人の手術を消化しているようであった。次に採卵を見学した。こちらは超音波ガイド下の画像を見ながら、経膣的に卵胞に針を刺して、いとも簡単に採卵が行われるのである。手術中に採卵した卵子の有無は、小さな窓から隣室の検査技師に手渡され、検鏡され、その数が数えられ、報告される。熟練の見事さであった。

ボルドーのベルゴニーがんセンター

ボルドー地方のがんセンターである。がんの専門病院として、幅広い活動をしている。大きく分けて、四つの部門に分けられる。

（１）診療活動　放射線科（治療、診断）・外科的治療・内科的治療・リハビリテーション（機能回復）・臨床検査
（２）情報活動と教育活動
（３）研究活動　臨床研究（院内的・国内的・国際的）と基礎研究
（４）出版活動

ここではアフターローデング膣内照射を見学するのが目的であった。高線量、低線量治療器ともに充実しており、全く羨ましい思いをして帰ってきた。一覧表には婦人科関係のデータのみを示した。我が労災病院では、十年以上も膣内照射室に器械が放置されたままでいるちぐはぐさが滑稽に思われた。

パリのビシャ大学病院

オペラ座から、タクシーで北に十五分くらい行ったところに大学がある。その大学の付属病院がビシャ病院である。産婦人科は、タクシーが着いた正面の建物の中にはなく、広い敷地内に別の建物としてあり、フランス語ができない小生一人で、その建物にあるマデレナー教授の所在を捜し当てるのに、ゆうに三十分を要した。

朝八時に約束をとってあったので、教授室の前の椅子に腰掛けて待った。早朝働いている掃除婦や守衛など、きつそうな仕事はほとんど黒人であるのが、日本人の小生にとっては異様に映った。

教授は、医学生のための朝の臨床検討会に小生を連れていき、学生に紹介した。医学生は三十人ほどいた。入院患者一人ひとりに受持ちの学生がついて、それを一人ずつみんなで検討していくというやり方であった。講義が終わったあと、一人の学生が、小生の案内役を仰せつかった。学生は秘書とともに、別の建物にある外来病棟（産婦人科）へ案内した。二階までを使った十二分なスペースは、広すぎるのではないかと思われた。再び教授室のある建物に戻り、その一階にある緊急室を見せてくれた。待合室に面して診察室が五〜六個並んでいて、あらゆる緊急態勢に対応できるようになっていた。待合室のスペースだけでも、三十人は入れそうに広かった。二十四時間体制で、あらゆる産婦人科の救急に対応している公的大学病院が、日本にはないのと好対象というところである。

二階、三階は病棟になっていて、病室は二人部屋がメインのようであった。分娩室、未熟児クベース室、手術室等の清潔部門は、ドアで仕切られており、二つの手術室で腹腔鏡下の手術（マデレナー教授）と子宮鏡下の手術をしていた。一つは異所子宮内膜症、チョコレート嚢腫、もう一つは粘膜下筋腫の手術であった。この病院の一九九〇年の産科のデータのめぼしい項目を紹介すると、ベッド数四一床で総分娩数一、八四五件、平均入院日数五・三日、異常妊娠で入院した数三八八件、平均入院日数九・四日、双胎二％、初産四五％、経産五五％、正常分娩七四・二％、帝王切開一二・三％、鉗子一三・五％、初産帝王切開率一三％、経産帝王切開率一一・七％、麻酔（無痛）分娩四四・五％、子宮内胎児死亡〇・四％、死産〇・九％、母がエイズの新生児一％、骨盤位四・四％、早産七・三％、過期産〇・五％、低体重児九・三％、巨大児（四千グラム以上）四・三％、仮死二・二％、奇形一・九％、羊水穿刺四〇例、胎児採血二例等であった。

まとめ

今回の病院視察で第一に感じたことは、金満国日本の医療設備の内容が、いわゆる患者サービスの方向を向いていないのではないかということである。すなわち、患者一人ひとり（人間一人ひとり）が、その設備の内容において大事にされていないということである。日本の医学の学問的水準（ソフト面）は、世界のトップレベルにあると思われるのに、いったん入院して患者となると、その患者をとりまく設備（ハード面）に満足が得られているであろうか。医療が患者を第一義に考えて行われているであろうか、という疑問を感じない訳にはいかない。ありあまった金で、よその国のものを買うのも結構だが、自分たちが病気をしたときの環境をもっと充実するために使ったらどうなんだ、と声を大にしていいたい。もうそろそろフランスのように、トイレ・シャワー付き個室と、メニューで食事が選べる、患者待遇を無料（保健でカバー）で行うのが、普通である国になってもよいのではないだろうか。小生がラ・ロッシェルやポーの病院を初めて見学したときに、患者待遇のあまりの相違に驚き、日本の患者が気の毒に思えて、こみあげてくる涙をこらえ切れなかった。

医療体系全体がちぐはぐなために、あちこちで無駄ばかり出て、すべてのものが効率よく合理的に使われていない日本の現状を、本格的に考え直す時期が来ているのではないかと思われる。

ピノス家のドミニクさん

ピノス家は、平坦に緩やかに起伏する雄大な丘陵が広がるボルドー地方のブドウ畑の一隅にあった。この季節は、一面に緑の絨毯を敷いたような景色が広がり、心地よい空気に満ち満ちていた。

ドミニクさんというのは、今回の訪仏に際して、ボルドーを中心にした病院を案内してくれた女主人公である。小生を自宅に幾日か泊めてくれ、朝から晩まで毎日病院巡りをしてくれたのである。ただ単に、彼女が学生時代に日本に住んでいたことがあり、そのとき日本人に親切にしてもらったから、その恩返しをするのだといって。また、小生の義妹の紹介ではあったが、義妹と彼女とは、仕事を通じて軽く面識があっただけなのである。小生が訪ねた日は、自宅から三〇キロメートルも離れているボルドー駅まで出迎えてくれ、帰るときもわざわざ送ってくれたのである。さぞかし小生の世話で疲れたであろう。小生はこの家族の親切を、生涯忘れることはできないだろう。

この家族には、可愛らしい三人の子供たちがいる。小さい方からエメリック坊や、妹のオリビア、姉のレテシア、それにご主人（貴族出身）のエリックさん。みんな気持ちのよい人たちばかりである。

フランスは、一人ひとりの人間を大切にし、それが実践されている国であることは、病院がトイレ・シャワー付きの個室を原則にしていることからも窺えるが、そのうえ、フランス人の世話好きの精神に支えられていることを実感させられた。ピノス家は、今や我が家の新しい親戚のごとき存在となって、これからもずっと付き合っていくことになろう。恥ずかしながら、帰国してからドミニクさんに出した礼状とピノス家の写真を紹介して、この稿を終いとさせてもらうことにする。

ピノス・ドミニク様

　いかがお過ごしでしょうか？　お邪魔してから早や１ヵ月半が過ぎてしまいました。お訪ねした日々が、遠い昔の夢の日々であったような気がします。美しい緑の緩やかな丘陵がどこまでも続く、あのランゴンの風景が懐かしく思われます。可愛いエメリックは元気で学校へ通っていますでしょうか？　勉強に頑張っていますでしょうか？　恥ずかしがり屋のオリビアも元気でしょうか？　エリックさんたちの鳩狩りはうまくゆきましたでしょうか？

　本当に羨ましい限りの、フランスの人たちの自然との楽しみ方に拍手したいと思います。ピノス家の皆さんが懐かしく思われます。大変遅くなりましたが、お邪魔したときに撮った写真をお送りします。シャトーを訪ねたときに撮ったものも入っていますので、ついでのときに渡してい

写真左から、松田、エリックさん、ドミニクさん、手前、エメリック君

写真左から、オリビアちゃん、ドミニクさん、エメリック君、レテシアさん

ただければ幸いに存じます。

　コンピュータの解説の件ですが、小生がドミニクさんに説明した以外の仕方はないようです。また、何か良い方法が分かりましたら、それをお送りします。レテシア姉さんの日本留学の受入れ家庭の件ですが、池田千枝子さん（義妹）に聞いてみた結果、十分見つかると思われますので、具体的な年月が決まりましたら、早めにご連絡くださいますようお願い申し上げます。

　ドミニクさんには、本当に朝から晩までお世話くださいまして、何とお礼を申し上げてよいか分かりません。有り難う御座いました。ご主人のエリックさまにも、どうぞよろしくお伝え願います。また、どなたか日本へおいでになるときには、必ずご連絡くださいますようお願い申し上げます。出来る限り、歓待したいと思います。また、フランスへ行ったときにご迷惑をかけないような形で、是非ピノス家の皆さんにお会いしたいと思います。ピノス家の皆様の幸せをお祈り致します。どうも有り難う御座いました。

１９９１年11月16日

関東労災病院産婦人科部長　松田昭夫

第5章

妻を壊してしまった自分の記録

精神が壊れた女房の経過

妻は30歳頃から不眠症のため、ベンゾジアゾピン系睡眠薬を内服し始めた。約40年間副作用(味覚障害、記憶障害)が出るまで常用していた。認知症にもなり、料理ができなくなり、十分な摂食ができず、脱水症となり、平成22年2月から5月までの間に、3回の入退院を繰り返した(点滴加療)。8月から長期入院となる。

精神錯乱状態で情緒不安定、食思不振あり、随時点滴加療をした。錯乱状態に対して向神経薬、ドグマチール、トリプタノール、コントミン、リスペリドン、ジエゾロフト等の内服を試みたが、すべて状態が悪化して中止した。認知症薬アリセプトとメイロンは内服可能であった。

平成28年度に入り精神的に落ち着いたのでメイロンを中止した。

平成31年度も著変なく、令和元年6月18日、介護施設に入所となる。施設入所中10月13日に転倒した。24日に整形外科受診して、両側大腿頸部骨折であった。入所中、次男(放射線科医)の了解で神経科を受診していた。再度、向精神薬、メマチン、パルブロサン、抑肝散、クエチアピンを内服した。

コロナ感染症で面会謝絶が続いた。転倒したり、歩行困難になったりしていることを知り、休薬を施設と医師にお願いしたが、それなら退所しろと言われる。

施設入所1年10か月となった。向精神薬の副作用と思われる意識朦朧状態で摂食不可能となり、令和3年3月31日、病院へ入院となる。入院時歩けていた人が歩行不可能で寝たきりになっていた。摂食障害で一口食べられるかどうかであった。

点滴加療を開始し脱水症状を改善した。嚥下リハビリをし、摂食を推進した。4月6日で点滴加療を終了した。味覚障害があるため、徐々に摂食量は増えているとはいえ、一日一食の量しか食べられていなかった。このままだと栄養障害を起こすのでサプリメント（ミネラル、ビタミン、アミノ酸）を内服した。摂取カロリー不足なので、味覚障害はあるものの、スナック類（お煎餅、柿の種、乾燥小魚、ピーナッツ等豆類、チョコレート）は食べるので、加減しながら食べさせた。

海馬破壊による記憶障害が著明で、直前の行為を直後に忘れる状態で、何回も何回も同じことを聞き返したりした。向精神薬を中止して徐々に一般状態は回復した。退院可能な状態となり令和3年6月他の施設入所となる。

脳機能障害で現れた諸症状

夫である私に向かって、脳の記憶中枢（海馬）が壊れているので「あんた誰？」「パパはいつ来るの？」と聞く。誰もいないとき大声で叫ぶ。バカ、死ね、とか叫んだこともすぐ忘れてしまう。

今後の方針

1. 向精神薬を内服しない生活
2. サプリメントのみ服用（脳細胞の必須栄養素、ＤＨＡ、ＥＰＡ、アラキドン酸、テルペンラクトン、腸内細菌の乳酸菌やビフィズス菌など）
3. 身体と精神を使い、共に動かす生活。不足分はリハビリで補えれば理想的

最も危険な3つの薬とは

精神科医が書いた以下の文献（文章）を参考にしました。

〈身近に迫りつつある精神薬の危険性について〉

嘘がはびこっている医学界の中で、最も嘘がはびこっているのが精神医学の分野です。精神医学は〝インチキな病気をつくり、人々を薬漬けにしている〟のです。

精神医学が病気としている事象には科学的根拠はなにもありません。病気としている事象がおこる理由や薬による治療理論は全て仮説であって、その仮説は未だに証明されていません。なので、科学的な検査による数値で決めるのではなく、医師の主観によって決めているインチキな病気なのです。そういったインチキな病気を治すのに使われているのが〝精神薬〟なのです。

精神薬には、睡眠薬、抗不安薬、抗うつ薬、その他にもいろいろな種類がありますが、私にいわせれば全て麻薬と同じです。もう少し正確ないい方をすれば、精神薬には強い依存性や心体への悪影響があり、それは覚醒剤やコカインに比べると少しだけ軽いという程度のものです。

それを証明する資料として、医学界で最も権威ある雑誌のひとつである『ランセット（The Lancet）』に掲載された２００３年の論文があります。この論文では、麻薬と精神薬、アルコールなどの計20種類の物質について、肉体依存、精神依存、多幸感を数値化して比較しています。それによると、精神薬の〝バルビツール〟や〝ベンゾジアゼピン〟は、コカインや大麻よりも身体依存が強く、精神依存はアルコールやＬＳＤよりも強いとされています。

また、精神薬が危険なのは依存性だけではありません。神経障害、認知障害、感情障害、筋肉障害など、さまざまな害があることが報告されています。それは害の程度の差はあれど、全ての精神薬にいえることなのです。

ここまで読まれた皆さんの中には、〝精神薬は精神科や心療内科で処方される薬だから、精神科や心療内科にいかなければ大丈夫だろう〟と考える人もいることでしょう。しかし、そうは問屋がおろしません。今の日本の医療では、治療の一環として患者の不眠や不安を解消するために睡眠薬や抗不安薬、つまり精神薬が処方できるようになっているのです。そのため、一般内科、婦人科、外科、整形外科、皮膚科、耳鼻科…と、さまざまな科や病院で処方されているのです。
ですから、間違っても医師に「病気のことを考えて眠れなくて悩んでいます」や「病気への不安感が消えないいんです」などといってはいけません。医師は「眠れないで悩むぐらいなら、睡眠薬を飲んで、しっかり眠った方がいいですよ」とか「抗不安薬を飲むと不安感がなくなって、すっきりしますよ」といって精神薬を処方しようとしますが、先にご紹介したとおり気軽に服用していい薬ではないのです。気軽に服用したその先には、依存症や精神障害の闇が待っているのです。

（内海聡原作『薬に殺される日本人』ユサブルより）

私の履歴書

氏名　　松田昭夫
生年月日　昭和10年12月7日
〈学　歴〉
昭和23年3月　村立旧酒屋国民小学校　卒業
昭和26年3月　村立両川中学校　卒業
昭和29年3月　県立新潟高等学校　卒業
昭和36年3月　順天堂大学医学部　卒業
昭和37年3月　順天堂医院インターン　修了
〈職　歴〉
昭和37年4月〜昭和45年3月
　東京大学附属病院産婦人科入局、在籍
昭和41年8月〜昭和43年2月
東京都立荒川産院　医員

昭和43年6月～昭和46年8月
　亀田総合病院産婦人科　医長
昭和46年9月～昭和49年2月
　長野赤十字病院産婦人科　副部長
昭和49年3月～昭和50年3月
（小田原市）小澤病院産婦人科勤務
昭和50年7月～52年3月
　公立学校共済組合関東労災病院産婦人科　副部長
昭和52年4月～昭和56年7月
　茨城県立中央病院産婦人科　医長
昭和56年8月～平成11年3月（定年）
　関東労災病院産婦人科　医長
平成11年4月～平成17年12月
　大和徳洲会病院　顧問
平成18年1月～平成20年3月

東京西徳洲会病院　療養病棟勤務
平成20年４月～現在
（山形県）新庄徳洲会病院勤務
〈免許　資格〉
昭和37年６月　医師国家試験　合格
昭和55年４月～昭和57年３月　筑波大学非常勤講師
昭和44年11月　東京大学医学博士号　取得
〈家　族〉
松田夕美子　（妻、慈恵医科大学現役合格（父が入学を許可せず入学辞退す）
父、新城正章、外科医院元開業医）
岳人　（長男、医師、他界）
亮　（次男、医師）

第6章

より良く生きたい
そのための指標となった言葉と人

人々がより良く正しく生きるために参考になると思われる言葉

現代の七つの大罪

1. 理念なき政治
2. 労働なき富
3. 良識なき快楽
4. 貢献なき知識
5. 道徳なき商業
6. 人間性なき科学
7. 献身なき信仰

（ガンディー魂の言葉より）

健康十訓

健康は嬉しい美しい素晴らしい
何はなくてもやっぱり健康
一少肉多菜
　お肉ほどほど野菜たっぷり健康もりもり
二少塩多酢
　塩分摂りすぎは高血圧のもと酢は健康のもと
三少糖多果
　甘いものは果物から砂糖は肥満への直通切符
四少食多噛
　腹八分目でよく噛みゃ幸せも噛みしめられる
五少衣多浴
　薄着で風呂好きの人は健康を身につけている人
六少言多行

　べらべら喋っている間に行動を開始せよ
七少欲多施
　自分の欲望のために走らず他人のために走れ
八少憂多眠
　くよくよしたって同じとっとと寝てしまおう
九少車多歩
　自動車は確かに早いでも歩けば健康への近道
十少憤多笑
　怒ったときでもニコニコしていれば忘れてしまう

摩訶般若波羅蜜多心経（般若心経）

観自在菩薩《かんじざいぼさつ》　行深般若波羅蜜多時《ぎょうじんはんにゃはらみったじ》　照見五蘊皆空《しょうけんごうんかいくう》
度一切苦厄《どいっさいくやく》　舎利子《しゃりし》　色不異空《しきふいくう》　空不異色《くうふいしき》
色即是空《しきそくぜくう》　空即是色《くうそくぜしき》　受想行識亦復如是《じゅそうぎょうしきやくぶにょぜ》
舎利子《しゃりし》　是諸法空相《ぜしょほうくうそう》　不生不滅《ふしょうふめつ》　不垢不浄《ふくふじょう》　不増不減《ふぞうふげん》
是故空中《ぜこくうちゅう》　無色《むしき》　無受想行識《むじゅそうぎょうしき》　無眼耳鼻舌身意《むげんにびぜっしんに》
無色声香味触法《むしきしょうこうみそくほう》　無眼界《むげんかい》　乃至無意識界《ないしむいしきかい》
無無明《むむみょう》　亦無無明尽《やくむむみょうじん》　乃至無老死《ないしむろうし》　亦無老死尽《やくむろうしじん》
無苦集滅道《むくしゅうめつどう》　無智亦無得《むちやくむとく》　以無所得故《いむしょとくこ》
菩提薩埵《ぼだいさった》　依般若波羅蜜多故《えはんにゃはらみったこ》　心無罣礙《しんむけいげ》　無罣礙故《むけいげこ》　無有恐怖《むうくふ》
遠離一切顛倒夢想《おんりいっさいてんどうむそう》　究竟涅槃《くうぎょうねはん》　三世諸仏《さんぜしょぶつ》　依般若波羅蜜多故《えはんにゃはらみったこ》
得阿耨多羅三藐三菩提《とくあのくたらさんみゃくさんぼだい》　故知般若波羅蜜多《こちはんにゃはらみった》　是大神呪《ぜだいじんしゅ》
是大明呪《ぜだいみょうしゅ》　是無上呪《ぜむじょうしゅ》　是無等等呪《ぜむとうどうしゅ》
能除一切苦《のうじょいっさいく》　真実不虚《しんじつふこ》　故説般若波羅蜜多呪《こせつはんにゃはらみったしゅ》　即説呪曰《そくせつしゅわつ》　羯諦羯諦《ぎゃていぎゃてい》

波羅羯諦《はらぎゃてい》　波羅僧羯諦《はらそうぎゃてい》　菩提薩婆訶《ぼだそわか》　般若心経《はんにゃしんぎょう》

〈現代語訳〉

偉大な　悟りの世界へ到るためのもっとも大切な智恵の経典

観自在菩薩という菩薩が釈迦如来に代わって教えを説く　観自在菩薩が真実の認識を身につけて説明するときに　人間は5つの力で構成されるが、そこには実体はない

すべての苦しみを超えて　舎利子よ、色・形があるものは本体的には存在しないのだ

色・形のある物質的な存在は固定的な実体をもたない　人の精神の作用を示す受、想、行、識もまた同じく実体はない

この世の中のすべての存在で、永遠に変わらないものはない　汚れたりきれいになったりすることはない　増えたり減ったりもしない

ゆえに、空の中には色も、心の動きとしての受想行識もない　空の中では眼も耳も鼻も舌も身も意もなく

空の中では六境、つまり色や声、香、味、触、法はない　目に映るものから、意識される

ものまで実体というものはない
無知でいる必要もなく、無知から脱して悟ることもない　あるいは老いて死ぬこともなく、老いと死がなくなることもない
苦も、その原因も、苦が消えることや苦を抑える道も存在しない　智慧を理解することもなく、またそれらを得ることもない　悟りが得られるということもないので
悟りを求める人は完全な智慧に拠るがゆえ、心にこだわりがない　心にこだわりというものがないので、恐れるということもない
顚倒し、誤ったいっさいの妄想から離れ、涅槃の境地に至る　過去・現在・未来、三世の仏もまた般若波羅蜜多を拠り所として
般若波羅蜜多によるがゆえ、無上の完全なる悟りを得られたという　ゆえにこう知りなさい、般若波羅蜜多は大いなる真言なのだ
般若波羅蜜多は大いなる正しい智慧の真言だ　般若波羅蜜多は極上の真言であり、並ぶもののない真言だ
すべての苦しみを除く　それは真実であってけっして虚妄ではない　ここからは般若波羅蜜多を聖なる言葉（真言・マントラ）として説く　すなわち、真言は次のようになる、往

ける者よ、往ける者よ
迷いの世界から彼岸（悟りの世界）に行け、彼岸に正しく行け　迷いを断ち切って悟りを
成就するように、幸あれ！　ここに深淵なる『般若心経』を終える
（現代語訳は『あらすじとイラストでわかる般若心経』イースト・プレスより）

「教育勅語」教育ニ関スル勅語

朕惟《ちんおも》フニ、我カ皇祖皇宗《こうそこうそう》、国ヲ肇《はじ》ムルコト宏遠《こうえん》ニ、徳ヲ樹《た》ツルコト深厚《しんこう》ナリ。我カ臣民《しんみん》、克《よ》ク忠ニ克《よ》ク孝ニ、億兆《おくちょう》心ヲ一《いつ》ニシテ世世厥《よよそ》ノ美ヲ済《な》セルハ、此《こ》レ我カ国体ノ精華《せいか》ニシテ、教育ノ淵源《えんげん》、亦《また》実ニ此《ここ》ニ存ス。爾《なんじ》臣民、父母ニ孝《こう》ニ、兄弟《けいてい》ニ友《ゆう》ニ、夫婦相和《あいわ》シ、朋友《ほうゆう》相信シ、恭倹己《きょうけんおの》レヲ持《じ》シ、博愛衆《しゅう》ニ及ホシ、学ヲ修メ、業《ぎょう》ヲ習ヒ、以テ智能ヲ啓発シ、徳器《とっき》ヲ成就《じょうじゅ》シ、進テ公益《こうえき》ヲ広メ、世務《せいむ》ヲ開キ、常ニ国憲ヲ重《おもん》シ、国法ニ遵《したが》ヒ、一旦緩急《かんきゅう》アレハ、義勇公《こう》ニ奉《ほう》シ、以テ天壌無窮《てんじょうむきゅう》ノ皇運ヲ扶翼《ふよく》スヘシ。是《かく》ノ如《ごと》キハ、独《ひと》リ朕カ忠良《ちゅうりょう》ノ臣民タルノミナラス、又以テ爾《なんじ》祖先ノ遺風《いふう》ヲ顕彰《けんしょう》スルニ足ラン。

斯《こ》ノ道ハ、実ニ我カ皇祖皇宗ノ遺訓《いくん》ニシテ、子孫臣民ノ倶《とも》ニ遵守《じゅんしゅ》スヘキ所、之《これ》ヲ古今ニ通シテ謬《あやま》ラス、之《これ》ヲ中外《ちゅうがい》ニ施《ほどこ》シテ悖《もと》ラス。朕、爾臣民ト倶ニ拳拳服膺《けんけんふくよう》シテ咸其徳《みなそのとく》ヲ一《いつ》ニセンコトヲ庶幾《こいねが》フ。

明治二十三年十月三十日

御名御璽《ぎょめいぎょじ》

〈現代語訳〉

私は、私達の祖先が、遠大な理想のもとに、道義国家の実現をめざして、日本の国をおはじめになったものと信じます。

そして、国民は忠孝両全の道を完うして、全国民が心を合わせて努力した結果、今日に至るまで、見事な成果をあげて参りましたことは、もとより日本のすぐれた国柄の賜物といわねばなりませんが、私は教育の根本もまた、道義立国の達成にあると信じます。

国民の皆さんは、子は親に孝養をつくし、兄弟、姉妹はたがいに力を合わせて助け合い、夫婦は仲むつまじく解け合い、友人は胸襟を開いて信じあい、そして自分の言動をつつしみ、すべての人々に愛の手をさしのべ、学問を怠らず、職業に専念し、知識を養い、人格をみがき、さらに進んで、社会公共のために貢献し、また法律や、秩序を守ることは勿論のこと、非常事態の発生の場合は、真心をささげて、国の平和と、安全に奉仕しなければなりません。

そして、これらのことは、善良な国民としての当然のつとめであるばかりでなく、また、私達の祖先が今日まで身をもって示し残された伝統的美風を、更にいっそう明らかにすることでもあります。

このような国民の歩むべき道は、祖先の教訓として、私達子孫の守らなければならないところであると共に、この教えは、昔も今も変わらぬ正しい道であり、また日本ばかりでなく、外国で行っても、まちがいのない道でありますから、私もまた国民の皆さんとともに、父祖の教えを胸に抱いて、立派な日本人となるように、心から念願するものであります。

雨にも負けず

宮沢賢治

雨にも負けず
風にも負けず
雪にも夏の暑さにも負けぬ
丈夫な体をもち
慾はなく
決して怒らず
いつも静かに笑っている
一日に玄米四合と
味噌と少しの野菜を食べ
あらゆることを
自分の勘定に入れずに

よく見聞きし分かり
そして忘れず
野原の松の林の陰の
小さな萱ぶきの小屋にいて
東に病気の子供あれば
行って看病してやり
西に疲れた母あれば
行ってその稲の束を負い
南に死にそうな人あれば
行って怖がらなくてもいいと言い
北に喧嘩や訴訟があれば
つまらないからやめろと言い
日照りの時は涙を流し
寒さの夏はおろおろ歩き
みんなに木偶坊と呼ばれ

褒められもせず
苦にもされず
そういうものに
私はなりたい

南無無辺行菩薩
南無上行菩薩
南無多宝如来
南無妙法蓮華経
南無釈迦牟尼仏
南無浄行菩薩
南無安立行菩薩

真の豊かさとは何なのか
ムヒカさんの生き方

山形新聞2016年4月16日
論説委員　板垣仁樹

「私は、自分を貧しいとは思っていない。今あるもので満足しているだけなんだ。私が質素でいるのは、自由でいたいからなんだ。お金のかかる生活を維持するために働くより、自由を楽しむ時間がほしいんだ」

手元に「世界でいちばん貧しい大統領からきみへ」（汐文社）の絵本がある。このタイトルのような愛称で知られる南米ウルグアイ前大統領のホセ・ムヒカさんがこのほど初来日した。引退した海外の指導者の日本訪問が、これほど注目を集めたのも珍しいだろう。

◇　◇

一躍、有名になったのは、大統領在任中にブラジルで開かれた国際会議での演説だった。「私たち自身の生き方を見直さなければならない」「貧しい人とは無限の欲があり、いくらものがあっても満足しない人のことだよ」。伝説のスピーチはネットを通じて世界に拡散し、反響を呼んだ。行き過ぎた資本主義、大量消費社会を批判し本当に求める幸せとは何かを問い掛けた。

ムヒカさんは、昨春まで５年間の在任中、給料の大半は貧しい人々に寄付し、月収は国民の平均に近い10万円ほど。豪華な公邸を拒み、農場で質素に妻と２人暮らし。車は友人にもらった１９８７年製のフォルクスワーゲン。どこへ行くにも同じチェックの上着で済ます。温顔からは想像がつかないが、かつては反政府ゲリラとして投獄された。銃弾を受けて死にかけたこともある。清貧な指導者は今も国民から愛されている。

置賜地方などをロケ地にした映画「蕨野行」。メガホンを取った恩地日出夫監督を思い出す。終戦直後の12歳の時、山形市高瀬で１年間疎開生活を送った。土蔵で母、親戚と４人暮らし。電気がないからランプ。ガスも水道もない。冬は雪の中を３時間かけて通学した。山形での体験が「足りなくていいことの大切さに気付かせてくれた」と、県内ロケを終えた後の講演で語っている。

豊かさがものだけではないと教えてくれる。ものが十分でなかった時代、それなりに豊かさを求める生活の知恵や工夫が至る所に生きていたのだろう。

「質素な生活は自分のやりたいことをする時間が増える。それが自由」。ムヒカさんのような生き方をする「覚悟」を誰もが持てるわけではない。覚悟をしたとしても、それを貫き通すことが幸せなのか不幸せかも決め付けられない。それでも覚悟を実践しているムヒカさんの姿はまぶしく見える。

◇　◇

約1週間の日本滞在で、広島が最も印象に残ったという。原爆資料館を視察し核兵器の脅威に触れたことで「倫理を伴わない科学は、想像もできない邪悪なものに利用されかねない。地球上で人間だけが同じ過ちを繰り返す」と芳名録に記帳した。

その翌日にも、被爆地への歴史的訪問が実現した。核保有国ら先進7カ国（G7）外相らが、現職としては初めて原爆慰霊碑に花を手向けた。これがきっかけで停滞する核軍縮を前進させる弾みとなればいい。

外相らは慰霊碑に刻まれた「安らかに眠って下さい　過ちは　繰返しませぬから」の誓いと、ムヒカさんの記帳をどう受け止めたのだろう。ムヒカさんは広島でこうも語った。「歴史は人間が同じ石でつまずく唯一の動物と教えている。私たちはそれを学んだだろうか」

おわりに

最近の心境を記して締めくくりたいと思います。

そもそも今、ここに存在していることが出来ているのは偏に私を取り巻く全ての物のお陰なのです。太陽から始まる自然の恵みや人々の力のお陰です。身近なことだけを言えば現院長、笹壁先生が率いる新庄徳洲会病院の皆様、元をたどれば徳洲会病院創設者、徳田虎雄先生のお陰です。徳洲会とのご縁の始まりは、この新庄徳洲会病院の初代院長、高野良裕先生が東大小児科から茨城県立中央病院へレジデントで来られた時に産婦人科部長をしていて、高野先生のお子さんの分娩に立ち会ったのが始まりです。その後、高野先生が徳洲会に入られて大和徳洲会病院の院長になられた時に当時、関東労災病院の産婦人科部長をしていたのを大和徳洲会へ来ないかとのお誘いを受けましたが、定年後にして下さいとお返事したことが現在に繋がっています。定年で徳洲会に就職する時に、東京赤坂の徳洲会本部のある地下の食堂で、当時国会議員だった虎雄先生や大和徳洲会の院長先生などと会食をして、徳洲会に就職することになりました。

現在は、唯、ただ、日々、一秒一秒を生き永らえていることに感謝して過ごすばかりです。

令和6年10月25日

著者略歴

松田 昭夫（まつだ あきお）

昭和 10 年　新潟県生まれ
昭和 36 年　順天堂大学医学部卒業
昭和 37 年　東京大学附属病院産婦人科入局
昭和 41 年　東京都立荒川産院　医員
昭和 43 年　亀田総合病院産婦人科　医長
昭和 46 年　長野赤十字病院産婦人科　副部長
昭和 49 年　（小田原市）小澤病院産婦人科勤務
昭和 50 年　公立学校共済組合関東労災病院産婦人科　副部長
昭和 52 年　茨城県立中央病院産婦人科　医長
昭和 56 年　関東労災病院産婦人科　医長
平成 11 年　大和徳洲会病院　顧問
平成 18 年　東京西徳洲会病院療養病棟勤務
平成 20 年～現在　（山形県）新庄徳洲会病院勤務

女房を壊してしまった老医師が提唱する
再生可能エネルギーのすすめ

2025年 1 月17日　初版発行

著者　松田 昭夫
発行・発売　株式会社三省堂書店／創英社
〒101-0051　東京都千代田区神田神保町1-1
Tel：03-3291-2295　Fax：03-3292-7687
制作　プロスパー企画
印刷・製本　藤原印刷

ISBN978-4-87923-285-4　C0095